KB049130

마지막 의사는 비 갠 하늘을 보며 그대에게 기도한다

하

# 마지막 의사는 비 갠 하늘을 보며 그대에게 기도한다
## 하

니노미야 아츠토 지음
이희정 옮김

소미미디어
Somy Media

# 등장인물 소개
Character introductions

## 후쿠하라 마사카즈
Masakazu Fukuhara

무사시노 시치주지 병원의 부원장이었지만, 병원장인 아버지의 반감을 사서 현재는 한직으로 밀려났다. 환자의 생명을 살리기 위해 집념을 불태운다.

## 키리코 슈지
Syuji Kiriko

한때는 무사시노 시치주지 병원에서 후쿠하라의 동료였지만, 현재는 혼자 작은 진료소를 운영한다. 환자는 죽음을 선택할 권리가 있다는 신념을 가지고 있다. 별명은 '사신(死神)'.

# 목
# 차

제2장 어떤 어머니의 죽음 _ 7

제3장 어떤 의사의 죽음 _ 53

종장(終章) _ 219

옮긴이의 말 _ 228

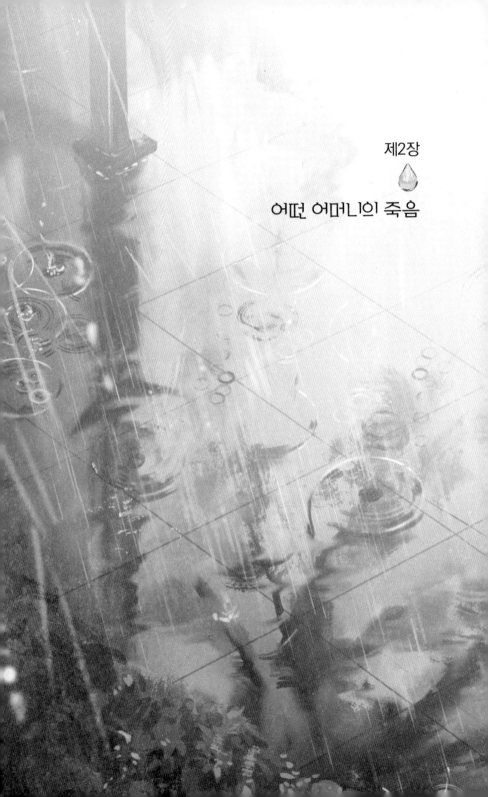

제2장

어떤 어머니의 죽음

　그날 밤, 아빠는 평소보다 상당히 늦게 돌아왔다. 현관문을 열쇠로 열고 집 안으로 들어오는 소리가 났다. 카즈는 마중하러 나갈 기분이 들지 않았다. 그냥 식탁 앞에 앉은 채 인기척이 다가오기를 기다렸다.

　이윽고 아빠가 불쑥 들어왔다. 의자에 앉아 고개를 숙이고 있는 카즈를 발견하고 조금 놀란 듯했다.

　"다녀오셨어요?"

　간신히 쥐어짜내 인사했다.

　"아직 안 잤구나."

　"응……."

"밥은 안 먹었니? 도시락을 몇 개 더 사다 놨을 텐데."

"먹고 싶지 않아."

카즈는 고개를 숙인 채 대답했다. 아빠가 이윽고 식탁 위에 놓인 종이 상자를 알아챈 듯했다. 카즈가 아빠 방에서 발견하고 가지고 나온 것이다.

"안에도 봤니?"

아빠는 모든 것을 깨달았는지 한숨을 쉬었다.

"응."

카즈는 용기를 쥐어 짜내 아빠의 얼굴을 올려다보았다.

"왜 이런 걸 준비했어?"

상자 안에는 상조회사의 팸플릿과 절의 연락처가 들어 있었다. 장례식 견적서와 유언장 초고도 들어 있었다. 카즈도 그런 서류의 구체적인 의의는 몰라도 무슨 뜻인지 정도는 알았다. 아빠는 잠시 어떡할지 고민하는 것 같았지만 이윽고 체념하고 입을 열었다.

"만일의 경우가 생기면 원활하게 처리하기 위해서야."

"원활하게라니 무슨 말을 그렇게……."

"어른들 일이야. 너는 끼어들지 마."

아빠는 귀찮다는 듯이 도시락을 식탁 위에 놓았다.

"아빠는 엄마가 낫는 게 싫어?"

"그런 식으로 말하지 마라. 그보다 밥이나 먹어."

카즈는 눈이 빨갛게 부은 채로 고개를 가로저었다.

"이런 거, 먹고 싶지 않아."

"뭐야?"

"이런 거 말고 엄마가 해 주는 밥 먹고 싶어."

"지금은 어쩔 수 없잖아."

"싫어, 싫다고. 뭐든 좋으니까 엄마가 해 주는 기 먹고 싶어, 엄마 밥!"

발로 바닥을 구르고 손으로 벽을 쳤다. 떼를 쓰는 카즈에게 아빠가 버럭 소리를 질렀다.

"억지 부리면서 떼쓰지 마!"

카즈는 온몸이 움츠러들었다. 아빠의 미간을 잔뜩 찡그리고 염라대왕처럼 눈을 부라리며 카즈를 노려보았다. 꼼짝도 못하는 카즈에게 아빠는 땅울림 같은 무시무시한 목소리로 말했다.

"먹기 싫으면 먹지 마. 하지만 나한테 네 말이 통하게 하려면 먹고 힘을 길러서 강해지는 수밖에 없다는 것만 알아 둬!"

카즈는 이를 악물었다.

머릿속이 엉망진창이었다.

원활하게 처리하기 위해서라고? 아빠에게 엄마는 '처리'할 대상에 지나지 않는다는 뜻일까. 지금은 엄마를 위해서 가족이 한마음으로 기도할 때가 아닌가. 어떻게 이렇게 이기적일 수가 있지. 쓰레기통에 들어 있던 그림. 좍좍 찢겨진 그림.

아빠한테 가족은 아무래도 좋은 걸까. 자기 일로 바쁘고 피곤하니까.

왜 이런 사람이 내 아빠가 된 걸까.

입술과 콧방울이 움찔움찔 떨려 악문 이에 힘을 조금만 빼면 바로 울음이 터질 것 같았다. 하지만 참았다. 여기서 혼자 울어 봐야 소용이 없다. 무엇 하나 해결되지 않는다.

지금은 달려와서 머리를 쓰다듬어 줄 엄마도 없다.

얼어붙은 공기 속에서 카즈는 식탁에 앉아 도시락을 앞에 놓고 젓가락을 들었다. 도시락 안의 반찬을 무작정 입에 밀어 넣고 꼭 꼭 씹어 삼켰다. 고기를, 채소를, 생선을, 밥을 몸 안에 받아들여 영양분으로서 연소시켜야 한다. 눈물과 콧물이 섞여 맛은 잘 느껴지지 않았지만 오기에 차서 계속 먹었다.

날이 밝아도 키리코 주변의 어른들은 한동안 소란스러웠다. 키리코는 최대한 심각한 얼굴로 침대에 누워 있으려고 노력했다.

모든 것이 계획대로 진행되었다.

어른들은 한밤중에 몸이 안 좋아져 화장실에 갔다가 발작을 일으켜 쓰러졌다는 시나리오를 믿었다. 담요는 추워서 몸에 두르고 있었다고 설명하자 더는 의심하지는 않았다.

당직이라 달려 나온 의사는 심약한 타입으로, 불안하다며 며칠 더 입원해 상태를 보고 싶다고 하자 알았다며 끄덕였다. 지금쯤 그는 오타 의사에게 입원을 연장하기로 했다고 전달하고 있을 것이다.

자기 고집 때문에 어른을 속인 것은 처음이었지만 그다지 가슴이 아프지는 않았다. 그보다는 성취감이 온몸에 충만했다.

옆 침대에서는 에리가 입을 벌린 채 자고 있었다.

내기는 아직 끝나지 않았어.

키리코는 아무에게도 들리지 않도록 작게 속삭였다.

다음 날부터 카즈와 아빠의 사이는 눈에 띄게 험악해졌다.

아침에 세면대에서 마주쳤지만 두 사람 다 아무런 말 없이 스쳐 지났다.

싸우는 중이라기보다, 어떻게 대해야 좋을지 몰랐다. 카즈는 이제 아빠가 무슨 생각을 하는지 알고 싶지도 않았고, 자기 마음을 알아주기를 바라지도 않았다.

단지 한 가지 확실한 것은 아빠가 자기편이 아니라는 점이었다.

카즈는 고독했다.

이제는 집안일을 할 기력조차 나지 않았다. 아무튼 마음이 술렁거려 무언가에 집중할 수가 없었다. 아무 생각도 없이 멍하니 있거나, 초점 없는 눈으로 하염없이 창밖만 바라보았다.

집 앞과 이어진 도로를 작은 어린애가 걸어갔다. 오른손은 아빠와, 왼손은 엄마와 잡고서 웃으며 걸어가고 있었다.

반 친구들은 저마다 여름방학을 만끽하고 있을 터였다. 여행을 가거나 놀이공원에 가거나 고향에 가거나. 유이는 이런 날에도 햄스터를 돌보고 있을 것이다. 요시다는 여전히 학교에서 패거리들과 함께 공을 차고 있을지도 모른다.

나는…….

방 한쪽에 가지런히 모아 둔 팸플릿을 보았다.

이제는 어떻게 기도해야 좋을지도 알 수 없었다.

한 줄기 눈물이 뺨을 타고 주르륵 흘렀다.


갑자기 정적을 깨고 전화벨이 울렸다. 평소와 다름없는 수신음이 엄청나게 요란해서 귀청을 휘젓는 것 같았다. 심장 고동이 빨라졌다. 무언가 중대한 소식일 것 같은 예감이 들었다.

받고 싶지 않았다. 하지만 받아야 한다.

카즈는 천천히 전화기로 다가가 떨리는 손으로 수화기를 들었다. 눈을 감고 마음을 단단히 먹고 전화를 받았다.

"여보세요? 나다."

아빠 목소리였다. 무슨 말을 해야 좋을지 몰라 우물거리자 아빠가 빠른 어조로 말을 꺼냈다.

"시간이 없으니 짧게 말하마. 엄마가 퇴원하기로 했다."

카즈는 눈이 동그래졌다.

지금 뭐라고 했지? 잘못 들은 걸까?

"내일 같이 데리러 가자. 일찍 일어나거라. 분명히 말했다. 알겠지?"

"아, 알았어. 저기, 아빠."

그렇게 말했을 때는 이미 전화가 끊어진 뒤였다. 연결되어 있지 않다는 신호음을 들으며 카즈는 눈을 끔뻑였다.

퇴원하기로 결정되었다.

눈앞에 빛이 쏟아지는 기분이었다.

그럼 엄마는 다 나았구나.

아무도 믿지 않았는데. 요시다 패거리도, 아빠도 낫지 않을 거라고 했는데. 나도 불안했다. 엄마가 기도만 하면 된다고 했지만 그마저도 제대로 하지 못했다. 하지만 엄마는 해냈다.

엄마가 옳았다.

아까까지 기운 없이 축 처져 있었던 것이 거짓말 같았다. 세상이 화사하게 빛나 보였다. 엄마가 돌아온다. 제대로 맞이할 준비가 되어 있을까. 청소를 해 둬야겠다. 빨래도 가지런히 잘 개켜놓자.

멈춰 있던 세상이 움직이기 시작했다.

"키리코."

그날 밤, 옆 커튼이 소리도 없이 젖혀졌다.

키리코는 누운 채로 옆을 보았다.

"어제 발작을 일으켜서 입원이 연장되었다며?"

에리는 전에 없이 엄한 얼굴로 키리코를 보았다.

"네."

키리코는 아무렇지 않은 척하며 끄덕였다. 에리의 크고 움푹 팬 눈이 키리코를 가만히 보고 있었다.

"왜 그런 짓을 했어?"

뜨끔했다. 설마 모든 것을 간파한 걸까.

"무슨 뜻인지 모르겠어요."

키리코는 무심코 눈길을 피했지만 일단은 시치미를 뗐다. 날카로운 눈으로 쳐다보며 에리는 한동안 아무 말도 하지 않았다. 이윽고 작게 한숨을 내쉬더니 제안했다.

"마실 걸 좀 사러 가고 싶은데 같이 가줄래?"


소등한 복도를 둘이서 수액 거치대를 밀며 걸었다. 바퀴 소리가 드르륵드르륵 울렸다. 에리는 거의 거치대에 기대다시피 했고 걸음도 느려 때때로 키리코가 보폭을 좁혀 에리에게 맞춰 주었다.

휴게실에는 아무도 없었다. 텔레비전은 꺼져 있고 의자는 책상 위에 뒤집어 올려져 있었다. 키리코는 학교의 청소 시간과 똑같다고 생각했다. 자동판매기가 웅 하고 둔탁한 소리를 내며 빛을 뿜고 있었다.

에리는 녹차를 한 캔 뽑고 키리코에게도 하나 고르게 했다. 인

사를 하고 종이팩에 든 주스를 집자 에리는 휴게실을 나가 창가
에 설치되어 있는 작은 의자로 걸어갔다.

전화하는 공간 옆, 커다란 창문이 있는 복도 끄트머리였다.

에리는 의자에 앉고 키리코는 창가에 서서 밖을 바라보았다.
어둠 속에서 별이 깜빡거리고 바다가 일렁이는 기척이 났다. 미
치 우주 공간에 떠 있는 기분이었다. 키리코와 에리가 누가 먼저
퇴원하는지 내기를 시작했을 때와 조금 비슷했다.

"어디부터 이야기하면 좋을까. 막상 닥치니 어렵네. 내가 불러
내 놓고."

에리는 그렇게 운을 떼며 겸연쩍은 듯이 뺨을 문질렀다. 키리
코가 긴장한 것을 느꼈는지 에리는 평소와 다름없이 웃으며 분위
기를 부드럽게 누그러뜨렸다.

"일단 먼저 이것만은 얘기해둘게. 난 키리코가 대단하다고 생
각해. 처음에는 말투가 너무 차가워서 깜짝 놀랐지만."

녹차 캔을 따는 소리가 들렸다. 공기가 아주 조금 향긋해졌다.

"키리코는 엄청난 병과 계속 싸워 온 거야. 어린 나이에 정말로
대단해. 존경해."

달빛을 받으며 키리코도 종이팩에 빨대를 꽂았다.

"아니다. 병 앞에서 나이는 상관이 없을지도 모르겠다. 어떤 싸
움이든 그 사람만의 싸움이니까."

맞는 말이라고 생각한다.

하지만 그런 말은 듣고 싶지 않았다. 존경 받고 싶었던 것도 아

니고, 자신이 싸우는 방식을 인정해 주길 바란 것도 아니었다. 키리코는 단지 에리의 싸움이 어떤 결말을 맺는지 지켜보고 싶을 뿐이었다.

맹신에 가까운 노력이 보상을 받아 기적을 일으킬지, 아니면 비참하게 패배할지 직접 보고 싶었다. 절망에 짓눌려 모든 것을 포기한 키리코 앞에서 에리가 문을 열려고 했다.

어차피 헛수고다. 마음속 어딘가에서 목소리가 들렸다. 소원을 이루지 못하고 죽어가는 모습을 보게 될 뿐이다. 다시금 포기하는 게 최선이라고 재확인할 뿐이다.

꼭 그렇지는 않다.

키리코는 마음속의 목소리를 향해 반론했다.

나는 해내지 못했지만 아줌마라면 해 줄지도 모른다. 무모한 도전을 완수해낼지도 모른다. 그것을 내 눈으로 직접 보고 싶다. 실제 사례를 눈앞에서 똑똑히 보면 나도 다시 한 번 분발해서 싸울 수 있을지도 모른다.

편하지만 아무것도 하지 않는 것보다,

괴롭더라도 무언가를 하고 싶었다.

그러기 위해서라면 몇 번이든 발작을 일으킬 것이다. 몇 번이든 입원을 연장할 것이다.

"나는 퇴원하기로 했어. 내일 아들이랑 남편이 데리러 오면 집으로 돌아갈 거야."

에리는 미소를 지으며 천천히 말했다.

생각지도 못하게 눈앞에 들이닥친 대답에 키리코는 눈을 동그
랗게 떴다.

"그러니까 마지막으로 너한테 얘기해 두고 싶었어."

"그럼…… 다 나은 거예요……?"

쭈뼛쭈뼛 물었다. 에리는 대답 대신에 창문 손잡이를 비틀어
열었다. 쏴아 하고 창밖에서 바닷바람이 불어 들어왔다. 바람은
커튼에 가로막혀 체모를 훑고 지나가는 기척만 남기고 사라져
갔다.

"아줌마."

대두 효소인지, 한약인지, 아니면 치료의 성과인지, 정신력인
지 잘은 몰라도 무언가가 효과를 발휘해 암이 사라진 걸까.

에리는 온화하게 미소를 지으며 키리코를 보았다.

바라던 것을 얻었을 텐데도 무언가가 달랐다. 불안이 엄습해
몸이 떨렸다.

"마지막으로 하고 싶은 말이 있어."

에리의 검은 머리카락이 흔들렸다. 그러고 보니 언제부터인가
에리의 머리카락에는 전처럼 아름다운 검은 윤기가 돌아와 있었
다. 듬성듬성하던 숱도 완전히 정돈되었다. 약의 부작용이 사라
지고 회복한 걸까.

그럼 역시 에리는 기적을 일으킨 걸까.

"병마와 싸운 내 나름의 충고야. 키리코라면 벌써 알고 있을지
도 모르겠지만……."

포기하면 안 돼.

틀림없이 그렇게 말할 것이다. 키리코는 예감했다.

스스로를 믿고 마침내 퇴원을 거머쥔 빛인 에리가 아직 어둠 속에서 떠도는 키리코에게 무언가 용기를 줄 법한 말을 해 준다. 에리는 떠나고 키리코는 에리의 말을 격려 삼아 투병 생활을 계속한다. 그러면 해피엔딩이 될 것이다. 그런 미래가 바로 눈앞에 찾아와 있을 터였다.

"포기해도 괜찮아."

하지만 에리는 완전히 정반대의 말을 키리코에게 선물했다.

소원이 이루어지는 순간은 아무래도 엄청나게 싱거운가 보다. 간호사와 의사에게 인사를 하고 병원비를 치른 뒤, 카즈는 엄마와 손을 잡고 병원을 나왔다. 수많은 사람들이 축하한다고 말해 주거나 박수를 쳐 주지는 않았다. 사무적인 수속을 차례대로 밟고 새로 온 환자와 문병 온 사람들과 스쳐 지나며 자동문을 빠져나오면 끝이었다.

그래도 카즈의 마음은 전에 없이 들떠 있었다.

가만히 엄마를 올려다보았다. 카즈의 눈길을 알아채고 생긋 미소를 지어 주었다.

퇴원한다. 내일부터는 계속 엄마가 같이 있다.

오랜만에 만난 엄마의 모습은 상당히 달라져 있었다. 눈에 띄게 말랐지만 팔을 만지면 묘한 탄력이 있었다. 피부가 근육과 뼈 위에서 미끄러지는 것처럼 묘하게 부드러웠다. 피부색은 거무스름하고 물에 젖은 화선지처럼 가느다란 주름이 져 있었다. 병원에 있는 동안 엄마는 카즈보다 몇 배나 빠른 속도로 나이를 먹은 것 같았다.

"외롭게 해서 미안해."

하지만 틀림없이 엄마였다. 어디가 어떻게 변하든 엄마는 엄마였다.

가랑비가 촉촉이 내리는 가운데 벤치 옆을 지나 주차장으로 향했다. 아빠가 카즈와 엄마 바로 앞에 차를 세우고 뒷좌석 문을 열어주었다.

카즈는 차 안을 확인하고 손을 잡은 채로 올라탔다. 엄마는 마치 왕자님의 안내를 받는 공주님처럼 뒤따랐다. 아빠는 아무 말도 하지 않았다. 그저 무뚝뚝한 얼굴로 시시하다는 듯이 두 사람을 보고 있었다.

아빠가 틀렸던 거야.

카즈는 꼭 그렇게 말해 주고 싶었다. 하지만 엄마 앞에서 그런 말을 할 마음은 들지 않았다. 엄마가 있다는 사실 앞에서는 아무런 의미도 없는 행위였다.

"여름방학이 끝나기 전에 퇴원할 수 있어서 정말로 다행이야."

집을 향해 달리는 차 안에서 엄마가 문득 말했다.

"여보, 내일 휴가 낼 수 있어?"

카즈는 일어나서 창문을 열자마자 오늘이 얼마나 근사한 날인지 깨달았다. 푸른 하늘은 한없이 맑았고 아침 일찍 일어난 매미들이 벌써부터 울어대기 시작했다. 태양이 밤사이 차가워진 대기를 데우면서 희미한 수증기가 녹색 잎사귀 사이로 피어올랐다.

계단을 내려가 식당으로 들어가자 하얀 원피스를 입은 엄마가 테이블 위에 놓은 바구니에 밀폐용기를 넣고 있었다. 틈새에는 보냉제가 끼워져 있었다. 자기가 좋아하는 햄버그와 닭튀김, 스테이크가 들어 있다는 것은 어젯밤 냉장고를 열어 보았을 때부터 카즈도 알고 있었다.

"이거 좀 들어 줄래?"

은색 보온병을 받아 어깨에 걸었다. 안에서 찰랑 하고 튀는 소리가 틀림없이 보리차다. 안에 넣은 얼음이 악기처럼 달그락달그락 소리를 냈다. 마실 때쯤에는 관자놀이가 저릿할 만큼 차갑게 식어 있을 것이다.

엄마는 휴우, 하고 한숨을 내쉬고 이마의 땀을 닦았다.

"엄마."

"응?"

"몸은…… 괜찮아?"

"괜찮아."

엄마가 가만히 머리에 손을 올렸다. 그런 다음 양손을 들고 기쁜 듯이 말했다.

"와, 신난다. 놀이공원이라니 얼마만인지 몰라."

그런 엄마를 보고 카즈도 웃었다.

"나도 기대돼!"

이런 일이 일어나다니. 엄마가 나온 것만으로도 기적인데 놀이
공원에 가는 꿈까지 이뤄지다니. 정말 이래도 괜찮은 걸까.

보온병을 옆구리에 끼고 현관을 나섰다. 카즈는 들뜬 기분을
억누르지 못하고 폴짝폴짝 뛰었다.

차 옆에서 아빠가 짐을 싣고 있었다.

평소에는 한 치의 빈틈도 없이 양복을 차려입는 아빠도 오늘은
폴로셔츠에 반바지를 입었다. 가면을 쓴 듯한 무표정한 얼굴 위
에는 스포츠 모자를 쓰고 있었다.

"아빠……, 이거."

아빠는 내미는 물통을 보고 말없이 받아들어 트렁크 구석에 넣
었다. 그대로 카즈에게는 눈길도 주지 않고 정리를 계속했다.

"오래 기다렸지?"

엄마가 왔다. 챙이 큼직한 밀짚모자 밑으로 찰랑이는 검은 머
리가 나부꼈다. 아빠와 카즈가 돌아보았다. 엄마가 들고 온 커다
란 바구니를 아빠가 받고 카즈는 핸드백을 받아서 대신 들었다.

"그럼 갈까?"

준비는 다 마쳤다. 모두 차에 타자 아빠가 시동을 걸었다. 한여
름 태양 아래, 자동차는 츠나 놀이공원을 향해 똑바로 달려갔다.

"여보, 빨리, 서둘러. 티켓 사 와."

도착했을 때 가장 흥분한 사람은 엄마였다. 아빠를 티켓 판매소에 줄 서게 하고 엄마는 벌써부터 카메라를 여기저기 들이대며 사진을 찍고 있었다. 카즈는 차에서 내려 바로 눈앞에 있는 중세 유럽을 본뜬 정문을 감탄하며 올려다보았다.

"엄마, 놀이공원은 멋진 곳이구나!"

카즈는 그저 눈앞에 펼쳐진 별세계에 압도되어 그 이상 말도 나오지 않았다.

"내 말대로지? 안에 들어가면 더 근사해. 앗, 저기 좀 봐! 카즈, 팝콘을 파네. 나중에 사 줄게. 카즈는 뭐 타고 싶어? 뭐든 말만 해. 제트코스터도 있고 유령의 집도 있거든."

아빠가 세 사람의 티켓을 사서 돌아왔다. 입장 게이트를 지나 놀이공원 안으로 들어가자 카즈는 참지 못하고 달려 나갔다. 미리 팸플릿으로 보았던, 아니, 그보다 훨씬 근사한 세계가 펼쳐져 있었다.

이것도 하고 싶고 저것도 하고 싶었다.

카즈가 맨 처음 고른 것은 고카트였다. 엄마와 함께 타고 카즈가 핸들을 잡았다. 몇 번이나 코스에 부딪쳤지만 무사히 골까지 도착할 수 있었다. 문득 위에서 어린애의 웃음소리가 들렸다. 올려다보자 2인승 페달 카트가 모노레일 위를 천천히 달리고 있었다.

나중에 저것도 타자. 오늘은 이제 막 시작되었을 뿐이다.

회전목마를 타고 커피 컵에 탔다. 엄마와 함께 타고 아빠도 같이 탔다. 불안했던 나날들, 삐걱대던 아빠와의 관계는 어느 틈엔저 멀리 날아갔고 카즈는 진심으로 부모님과의 놀이공원을 즐기고 있었다.

엄마가 오늘은 제트코스터는 안 타겠다고 해서 아빠와 함께 몇 번이나 탔다. 꼭대기까지 높이 올라갔다가 단숨에 급강하할 때 밑에서 카메라를 대고 엄마가 손을 흔들어주었다. 카즈도 크게 손을 흔들며 깔깔깔 웃었다.

웃고 놀다 보니 목이 말랐다.

매점에서 탄산음료를 사서 흰 플라스틱 의자에 앉아 마셨다. 상큼한 과일향이 코를 찔렀다.

"지금 몇 시지?"

아빠가 카메라 필름을 교환하며 물었다. 아빠는 여분의 필름을 넉넉히 가지고 와 몇 번이나 갈아 끼우며 여기저기 셔터를 눌렀다.

"11시 반이야."

엄마가 대답하고 숨을 한 번 내쉬었다.

"슬슬 점심 먹을까? 마침 그늘이라 시원하고 테이블도 있으니까."

"그래."

아빠가 동의하며 카메라와 필름을 옆으로 치웠다. 그 자리에 엄마가 바구니를 놓고 내용물을 펼치기 시작했다.

"조금 더 놀고 싶은데."

카즈가 말했다.

"유령의 집에 갔다 와서 먹자."

"아침도 일찍 먹었으니까 슬슬 뭔가 먹어 두는 게 낫지 않을까? 아직 시간은 충분히 남았으니까."

고소한 냄새가 감돌자 카즈는 코를 킁킁거렸다. 햄버그, 닭튀김, 스테이크. 치즈와 토마토와 햄을 이쑤시개로 꽂은 샐러드, 소송채를 김으로 감아 간장을 살짝 뿌린 것도 있었다. 세 사람이 먹기에는 너무 많을 정도였다.

"우리 카즈가 좋아하는 걸로 잔뜩 만들었지."

종이접시와 나무젓가락을 나누어주며 엄마가 방긋 웃었다. 카즈도 무심코 군침이 돌았다. 하지만 유령의 집에 가고 싶었다. 더, 좀 더 많이 놀고 싶었다.

알루미늄 호일로 싼 주먹밥이 나왔다. 김으로 감싼 모양이 네 종류나 되었다.

"이게 매실이고 이게 연어야. 이게 미역 후리카케고 이건…… 먹고 알아맞춰 봐."

"나는 유령의 집이……."

작은 소리로 아직도 뻗대는 카즈를 아빠가 타일렀다.

"먹고 나서 가."

고개를 숙이는 카즈의 머리를 엄마가 다정하게 쓰다듬었다.

"그럼 유령의 집부터 갈까?"

"그래도 돼?"

아빠가 얼굴을 찡그렸다.

"에리……."

하지만 엄마는 부드럽게 말했다.

"괜찮아. 줄곧 참으라고만 했으니까 오늘 정도는 카즈가 하고 싶은 대로 하게 해 주자. 당신은 여기서 짐 보고 있을래?"

야호, 신난다. 엄마가 같이 간다.

"가자, 엄마."

카즈는 엄마의 손을 잡아끌었다.

"빨리, 빨리!"

"얘도 참, 너무 서두르지 마. 넘어질라."

카즈는 엄마와 함께 유령의 집을 향해 달렸다. 짐과 음식과 함께 남겨진 아빠가 한숨을 쉬는 모습이 보였다.


서양식 저택을 본떠 만든 음산한 건물이 저 앞에 보였다. 저기가 유령의 집이다. 상당히 인기가 많은지 줄이 길게 서 있었다. 이렇게 보고 있는 사이에도 사람들이 계속 와서 줄이 점점 길어졌다. 카즈는 애가 탔다.

하지만 엄마의 걸음이 유독 느렸다. 돌아보니 숨을 헐떡이고 있었다.

"엄마, 괜찮아?"

카즈가 발을 멈췄다. 엄마는 거칠게 숨을 몰아쉬며 목을 누르고 허리를 굽혀 땅으로 시선을 떨어뜨리고 있었다. 땀을 줄줄 흘리고 있었다.

"……숨이, 좀……. 오랜만에, 움직였더니."

이마의 땀을 닦고 카즈를 향해 웃어 보였다.

"괜찮아."

괜찮아 보이지 않았다. 두 사람은 길에서 멈춰 섰다. 늘어선 매점과 가판대에서 힘찬 목소리가 들렸다. 이러는 사이에도 유령의 집 행렬에는 새로운 사람들이 계속 늘어나고 있었다.

"카즈, 먼저 가 있을래?"

"응?"

"엄마는 숨 좀 고르고 바로 따라갈게."

엄마의 얼굴과 유령의 집 행렬을 번갈아 보았다.

"그래도……."

"괜찮다니까. 어서 가 봐."

엄마를 혼자 두고 가려니 솔직히 망설여졌지만 자꾸 권하자 카즈는 몇 걸음 걸었다. 하지만 바로 걱정이 되어 돌아보았다.

엄마는 서 있었다.

"엄마 때문에 돌아보지 않아도 되니까 먼저 가 봐. 괜찮아──."

하얀 원피스가 햇빛 아래 눈부셨다. 밀짚모자 밑으로 늘어뜨린 찰랑이는 검은 머리, 새하얀 피부. 너무 하얄 정도였다.

"엄마!"

카즈는 허둥지둥 달려가 손을 잡았다. 손바닥이 땀투성이였다.

엄마의 몸이 휘청 흔들렸다.

필사적으로 받치려고 했지만 실이 끊어진 인형처럼 엄마가 털썩 쓰러졌다. 밀짚모자가 떨어지며 포석 위를 굴렀다. 머리에서 벗겨진 가발이, 반짝거리는 검은 머리카락이 흐트러졌다. 뺨 부분의 진한 파운데이션이 바닥에 쓸리며 지워졌다.

"어, 엄마!"

팔 안에서 눈을 감은 채 움직이지 않는 엄마를 필사적으로 불렀다. 소프트아이스크림을 핥으며 지나가는 커플과 풍선을 든 가족 일행이 멀리서 보고 있었다.

누가 좀 도와줘. 아무라도 좋으니까 엄마를 구해 줘. 우리 엄마야, 우리 엄마가 죽는다고.

길 반대편에서 아빠가 휴대폰을 귀에 대고 달려오고 있었다.

이런 건 싫어.

반짝반짝 빛나는 태양 아래, 신나는 음악이 흐르는 가운데.

엄마, 이러지 마.

카즈는 절규했다.

창밖에서 햇빛이 쨍쨍 쏟아져 들어왔다. 키리코의 그림자가 텅 빈 옆 침대 위로 뻗어 있었다. 에리는 지금쯤 무얼 하고 있을까. 퇴원하면 아들과 놀고 싶다고 했다. 맛있는 음식을 만들고 여행을 가고 싶다고 했다.

그 소원은 이루어졌을까.

암을 없애지 못한 채로 퇴원했는데.

눈을 감자 에리와 마지막으로 나눈 대화가 떠올랐다. 새카만 복도에서 창문 너머로 별이 반짝이는 가운데 들었던 이야기다.

에리는 살짝 웃으며 부끄러운 듯이 말했다.

"이번에 퇴원하는 건 다 나아서가 아니야. 집에서 잠깐 쉬기만 하는 거라 다시 병원으로 돌아올 거야."

어쩐지 그런 예감이 들었기 때문에 키리코는 고개를 끄덕였다.

"그러니까 역시 내기에 이긴 건 아니야, 미안해. 하지만 난 싫어. 키리코가 스스로를 실패작이라고 부르는 걸 도저히 못 보겠어. 나도 너만 한 아들을 둔 엄마라서 그럴까……."

자애로움이 담긴 눈으로 내려다보는 에리에게 키리코가 물었다.

"포기해도 된다고 했잖아요? 그건 무슨 뜻이에요?"

"응, 그랬지."

에리는 숨을 한 번 내쉬고 가만히 입을 열었다.

"나는 사는 걸 한 번 포기했었어."

"네? 하지만 아줌마는 언제나 나을 거라고 자신만만하게……."

"그렇게 된 건 비교적 최근이야."

에리는 머리를 슥 쓸어 올렸다.

"맨 처음 암 수술을 받았을 때부터 의사가 그랬어. 재발할 가능성이 있고, 그렇게 되면 상당히 위험하다고. 말하자면 난 남편보다 먼저 죽을지도 모른다는 선고를 받은 거야. 카즈가 커 가는 모습을 끝까지 지켜보지 못할 가능성도 높다고 처음부터 알고 있었어."

천장을 바라보며 에리는 담담하게 말을 이었다.

"무서웠어. 재발할지 어떨지는 아무도 몰라. 의사도 몰라. 큰 도박이지. 나는 뭐, 제법 낙천적인 성격이니까 괜찮다고 생각했어. 의외로 좋은 결과가 나와서 모든 일이 다 잘되지 않을까 싶었지. 만약 잘못되면 그건 그때 생각하면 되고. 잘못될 경우를 생각하다 오히려 괜히 그런 결과를 불러들일 것 같은 기분도 들었거든. 하지만 세상일이 내 마음대로만 되진 않더라."

에리는 한숨을 내쉬었다.

"카즈가 태어나고 한동안은 괜찮았어. 검사도 정기적으로 받았지만 문제가 없었거든. 익숙하지 않은 육아로 눈코 뜰 새 없이 바쁘고 알찬 나날을 보냈어. 사실 알차다기보다 필사적이었다는 표현이 맞을까? 어휴, 진짜 그렇게 힘들 줄은 상상도 못했다니까. 이것도 싫고 저것도 싫다고 떼쓰는 시기가 왔을 때는 거의 괴수나 다름없고, 조금만 멀리 외출해도 금방 열이 펄펄 끓고. 대수롭지 않은 일로 금방 울고. 장난은 또 어찌나 심한지. 내 화장품을 한 병 다 남편 카메라에 뿌린 적도 있었다니까. 손해가 이만저만이 아니었어. 하지만 역시 귀엽고 정말로 사랑스러워서…… 줄곧 같이 있었어. 나도 참 주책없이 왜 이런 얘길 하는지 모르겠다, 미안해."

아니에요, 하고 키리코가 말했지만 에리는 곧바로 말을 이었다.

"카즈가 네 살 생일을 맞이하기 거의 1주일 전이었나? 오즈의 마법사 연극을 한대서 의상을 만들던 때였어. 생리통이……, 아니, 배가 계속 아픈 거야. 평소에는 금방 가라앉았는데 며칠이나 계속되더라. 확인하기가 무서웠어. 하지만 그대로 방치할 수도 없잖아? 카즈를 유치원에 보내 놓고 병원에 가서 진찰을 받았어. 결과는 역시…… 재발이었어. 그것도 비교적 어려운 상태로……. 왜 이제 와서, 지금까지 괜찮았는데 왜, 하는 생각을 몇 번이고, 몇 번이고 했어. 조금만 방심하면 카즈랑 남편 앞에서도 눈물이 쏟아져서 그치질 않더라. 되도록 유치원에 가 있는 동안이나 밤중에 울었지만. 이렇게 자그마한 카즈의 양말을 개거나 카즈가 새로운 말을 배워 와서 가르쳐 주거나 하면 참을 수가 없는 거야. 이 아이가 어른이 되었을 때는 난 없겠지 하고 생각하면 슬퍼져서. 생일 케이크를 예약하러 가도, 카즈의 친구 엄마랑 수다를 떨어도 모든 것이 다 괴로웠어. 눈물을 필사적으로 앞치마로 닦았지. 억지로 웃었어. 하지만 카즈가 잠든 뒤에는 엉엉 울었고…… 남편한테 분풀이도 많이 했어. 너보다 훨씬 꼴사나웠을 거야. 난 가끔 감기나 좀 걸릴 뿐이었지 병원이랑 거의 인연이 없던 사람이라 내 몸에서 일어나는 일을 믿을 수가 없었어. 나한테 왜 이러나 싶었어."

자조하듯이 미소를 지었다.

"신에게 기도도 했어. 영험하다고 소문난 신사까지 비행기 타고 날아가서 부적을 잔뜩 사고 기도까지 의뢰했는데도 수치는 전혀 좋아지지 않았어. 신을 원망했지. 발작적으로 부적을 찢어 도랑에 버리기도 했어. 그러다 수치가 더 나빠지면 천벌을 받았나 싶어서 도랑에서 부적을 건져서 필사적으로 용서를 빌기도 했지. ……제정신이 아니었어."

키리코도 같은 마음을 느껴왔다.

"하지만 어쩌겠어. 키리코가 말한 대로, 병이 낫지 않는 이상 포기하는 것 외에 구원은 어디에도 없는걸. 포기하면 안 된다고 몇 번이나 스스로를 다독였지만 안 되더라. 마지막에는 완전히 진이 빠져서…… 힘이 다 떨어진 것처럼, 아니, 절망으로 자신을 짓이겨 버리듯이…… 포기했어."

그래서 마음이 맞는 부분이 있었던 것이다. 두 사람이 걸어온 길은 아주 비슷했다.

"사람은 죽음을 각오하면 편안해져. 뭘 하면 좋을지 눈에 보이거든. 난 신변을 정리하기 시작했어. 내 물건을 버리고 내 장례식을 준비했어. 장례식 견적을 받아 오고 친척들 연락처도 정리해서 남편한테 맡겼어. 카즈한테는 집안일을 조금씩 가르치기로 했지. 내가 없더라도 모두가 불편하지 않도록 환경을 정돈했어. 그러는 사이에 조금씩 각오가 생기더라. 그랬더니 무섭다든가 싫다든가 하는 게 완전히 사라졌어. 병마와 싸울 마음도 사라졌지.

암과 함께 살고 함께 죽는다는 그런 기분이었어."

필사적으로 거절하던 죽음이 천천히 배어들어 하나가 된 거야. 에리는 추억을 이야기하듯이 말했다.

"그렇게 반년 정도 지나 준비가 대충 끝났을 무렵이었나? 계속 미루고 미뤄온 일을 드디어 해야 할 때가 왔어……."

지금까지 부자연스러울 만큼 밝게 이야기하던 에리가 문득 눈을 내리깔았다. 목소리에 잡음이 섞였다.

"카즈한테……."

에리의 목소리가 코맹맹이 소리가 되었다. 훌쩍거리며 천천히, 천천히 이야기했다.

"그 애한테 말해야 했어. 병에 대해 설명하고 엄마는 먼저 하늘나라로 가야 한다고 얘기해야 했어. 미안하다고. 방법이 없잖아? 무슨 일이 있어도 이 얘기는 꼭 해야 하니까."

키리코는 단어 하나, 문장 하나도 놓치지 않도록 온몸의 신경을 곤두세워 들었다.

"그랬더니, 카즈가 뭐라고 했는지 알아?"

에리의 말을 기다렸다.

"카즈가, 금방이라도 울 것 같은 얼굴로 그러더라. 안 된다고. 엄마가 떠나면 싫다고 그러는 거야. 뭐라고 할까, 무척 순진무구하게, 암이 뭔지도 모르면서 카즈가 그랬어. 죽지 않아도 된다면 나도 그러고 싶은 게 당연하잖아. 애, 애들은 참, 이상하기도 하지……."

에리가 이쪽을 보았다. 새빨간 눈으로, 떨리는 입술로, 바닥에
눈물을 떨구며 말했다.

"그때 처음으로 살아야겠다고 생각했어⋯⋯."

어째서, 어째서, 어째서야.

산소마스크를 쓰고 누워 있는 엄마는 눈을 감은 채 움직이지
않았다. 카즈는 전자 모니터에 표시된 수치가 조금씩 떨어지는
것을 떨면서 지켜보았다.

"네, 맞아요. 선생님께서 말씀하셨던 대로 역시 무리였어요."

사이렌을 울리며 도로를 질주하는 구급차 안에서 아빠는 어딘
가에 전화를 하고 있었다.

"아뇨, 마지막 추억을 만들 수 있었으니 에리도 만족하겠죠.
네, 고집을 들어 주셔서 감사합니다. 지금 그쪽으로 가고 있어
요, 네."

말도 안 돼. 어떻게 그런 말을 할 수 있어. 마지막이라니 농
담하지 마, 아직도 한참 남았어. 앞으로도 계속 엄마랑 놀러 갈
거야.

전화를 마친 아빠가 벌떡 일어나 구급대원에게 말했다.

"너무 서두르지 않으셔도 괜찮아요."

믿을 수가 없었다. 카즈는 눈을 희뜩이며 아빠를 보았다.

"어차피 이미 틀렸거든요. 그보다 사고가 나지 않게 신경 써 주세요."

목소리가 나오지 않았다. 눈앞에서 일어나는 일을 머리가 받아들이지 못했다.

어째서 아빠는 포기하는 거지.

어째서 구급대원은 걱정스러운 눈으로 엄마를 바라보기만 하고 아무것도 하지 않지. 무슨 주사를 놓거나 수술을 하거나 약을 써서 빨리 낫게 해 줬으면 하는데. 누구든 빨리 어떻게든 해 줘!

카즈는 엄마의 손을 잡고 이를 악물었다.

나는 알아. 엄마는 지금 눈을 감고 있지만. 목소리도 들리지 않고 아무런 대답도 해 주지 않지만. 하지만 알아. 엄마는 이 순간에도 포기하지 않았어. 살 생각이야. 낫는다고 믿고 있어.

부탁이야, 엄마, 나아 줘. 한 번 더 웃어 줘. 한 번 더 머리를 쓰다듬어 줘. 한 번 더 이름을 불러 줘.

"엄마, 죽지 마!"

카즈는 소리쳤다. 필사적으로 기도하며 엄마의 손을 꼭 잡았다.

눈물을 훔치는 에리에게 키리코가 물었다.

"그때 처음으로 살아야겠다고 생각했다면……, 그전까진 그렇게 생각하지 않았다는 거예요?"

"생각은 했지만 정말로 그럴 마음이었던 건 아니었구나 하고 깨달았어. 충분히 고민하고 괴로워하고 나름대로 해답을 찾았다고 생각했는데. 카즈의 말 한마디로 전부 날아갔어."

에리가 후훗, 하고 웃었다.

"아, 그럼 암을 고치자는 생각이 들었어. 포기하기를 그만뒀어. 나와 남편의 생각이나 의사의 의견 따위는 전부 아무래도 좋으니까 병을 고치자고. 카즈가 안 된다고 했으니까. 카즈가 내 품에 안겨서 머리를 쓰다듬어 달라고 하니까. 나아야 해. 아무것도 무섭지 않았어. 그때 카즈의 체온을 떠올리기만 해도 나는 무적이야. 보상을 받든 말든 그런 건 전부 아무래도 좋아졌어. 지금도 그래. 난 정말로 아무것도 무섭지 않아. 낫는다고 믿거든."

그런 일이 있을 수 있을까.

키리코의 손이 가늘게 떨렸다.

"이상하지? 남의 일이었다면 나도 정말로 이상하다고 생각했을 거야. 하지만 날 봐. 재발한 뒤로도 벌써 5년째야. 해마다 입원하고 그때마다 남은 수명이 1년이나 될까 말까 한다고 들었는데 아직 살아 있어. 지금도 전혀 죽을 것 같지가 않아."

에리가 장난스럽게 웃었다.

"키리코, 삶과 죽음은 자신만의 논리로는 잴 수 없는 곳에 있는 게 아닐까……?"

밤바람이 가볍게 불어와 키리코의 뺨을 쓰다듬었다.

"자신의 마음속을 샅샅이 찾아도 절망밖에 보이지 않아서 포기하는 것 말고는 출구가 없을 때도 있어. 괜찮아. 포기해도 돼. 포기할 정도로 너는 싸웠으니까. 하지만 그렇다고 자신이 필요 없는 존재라고 생각하는 건 너무 빨라. 키리코, 주변으로 눈을 돌려 봐. 다른 누군가의 논리를 찾아 봐. 무심한 듯, 딱히 어려워하지도 않으면서 어째서인지 엄청나게 강한 게 옆에 있기도 하거든……."

에리는 초인이 아니었다. 키리코와 마찬가지로 연약하고 상처 입기 쉬운 한 인간이고, 한 번은 완전히 포기했다.

이미 사라진 등불은 한 번 더 스스로 불을 켜지 않는 한 빛나지 않는다고 키리코는 믿었다. 하지만 에리는 그렇지 않다고 했다.

"네가 아무리 텅 비어 있어도 그 누군가가 널 채워 줄 거야."

누군가가 불을 붙여 줄 거라고 했다. 누군가를 들여다보기만 해도 불이 옮겨붙어 타오른다고. 이미 꺼진 등불도 켜져 있는 등불도 불을 받아 건네주고 서로 깜빡이고 흔들리며 커다란 하나의 불꽃을 그린다. 그것을 생명이라고 하는 걸까. 마치 창문 너머에 펼쳐져 있는 별이 가득한 하늘처럼.

"그러니까 키리코, 너만의 논리로 태어난 것 자체가 잘못이었다고 말하지 마."

키리코의 입술이 떨렸다.

"네 안에 희망이 없으면 옆에 있는 누군가의 안에 희망이 몰래 숨어 있을 거야."

눈을 깜빡일 때마다 눈물이 넘쳐흘렀다.

키리코는 조용히 울었다. 눈물이 뜨겁게 불타올라 타고 흐르는 피부를 태워 버릴 것 같았다. 눈물은 한 방울, 한 방울씩, 달빛을 받아 낙하하는 찰나 파도처럼 흔들렸다.

에리의 논리를 모두 이해한 것은 아니었지만 에리의 이야기는 키리코 안에서 무언가와 반응하여 섬광처럼 번쩍였다.

나는 왜 태어났을까. 내 몸은 이렇게나 세상을 싫어하는데.

잘못 태어났다고 생각했다. 내게 어울리는 다른 세상이 있을 거라고 생각했다.

아니다. 바라던 곳은 틀림없이 여기였다.

내 몸은 상처를 입더라도 여기로 오고 싶었던 것이다.

누군가의 안에서 무언가를 찾아내려고——.

세상은 아름다웠다. 마르고 쇠약해져 눈물을 흘리는 에리도, 그녀를 감싼 담요도, 흰 침대도, 천장 무늬도 파도도, 하늘도, 달도 구름도 별도 바다도. 무심한 듯, 딱히 대수로울 것도 없지만 믿을 수 없이 아름답다고, 키리코는 처음으로 느꼈다.

키리코가 눈을 뜨자 우주 공간 같았던 복도와 미소를 짓던 에리의 모습은 꿈처럼 사라지고 말았다. 이틀 전에 있었던 일인데 방금 일어난 일 같기도 하고 아주 오래된 추억처럼 느껴지기도 했다. 모든 것이 거짓이고, 한낱 꿈이었다고 한다면 정말로 그렇게 믿어 버릴지도 모른다. 에리라는 환자가 실제로 키리코 옆에 있었는지 어떤지도 흐릿할 만큼 현실은 생생했다.

아니, 그렇지 않다.

에리가 틀림없이 존재했기 때문에 이렇게 생생하게 느끼는 것이다.

그저 눈부신 여름날과 매미 울음소리만이 텅 빈 침대 위에 가득했다.

쾌청한 여름 오후, 카즈와 아빠가 지켜보는 가운데 엄마의 맥박이 조금씩 조금씩 잦아들고 있었다.

병실로 옮겨져 희고 무미건조한 형광등 불빛 아래에서 보는 엄마의 얼굴은 흙빛 가루 같았다. 머리카락은 듬성듬성 빠져 있고 뺨은 홀쭉했다.

갑자기 혈압이 급격히 떨어지기 시작했다. 모니터의 디지털 숫자가 어지럽게 바뀌고 경고음이 울렸다. 마치 저항할 수 없는 무언가가 발목을 붙잡고 땅속으로 끌고 가는 것 같았다. 간호사가 아빠를 돌아보았다. 아빠는 말없이 고개를 저어 연명 치료를 거부했다.

모두 입을 다물고 그저 지켜보는 가운데 엄마는 길고 깊은 숨을 내뱉고——.

문득 눈을 떴다.

"엄마!"

달려가 손을 움켜쥔 카즈를 엄마가 보았다. 맑은 눈동자에 카즈의 모습이 똑똑히 비쳤다. 카즈의 입매가 안도와 긴장으로 떨리며 풀어졌다.

"고마워."

엄마가 모기만 한 소리로 말했다.

"엄마, 난."

"같이 기도해 줘서……."

뒷부분은 잘 들리지 않았다. 카즈가 지켜보는 앞에서 엄마는 작게, 하지만 분명하게 미소를 지었다. 그리고 그대로 눈을 감았다.

"임종하셨습니다."

의사가 선고한 뒤에도 미소는 아직 남아 있었다. 조금씩, 조금씩 입가에서 힘이 빠져나갔다.

멍하니 서 있는 카즈 뒤에서 어른들이 무언가 의논을 시작했다. 카즈의 귀에는 거의 들리지 않았다.

소원은, 이루어지지 않았다.

그날은 비가 내렸다. 키리코는 바다에 내린 비가 파도가 되어 해변을 씻어 내리는 것을 창문 너머로 보고 있었다.

"오래 기다렸지?"

누군가가 병실로 들어왔다. 엄마였다. 기쁜지 싱글벙글 웃고 있었다. 키리코는 엄마의 얼굴을 빤히 바라보았다. 엄마의 얼굴이 틀림없는데 마치 처음 만나는 기분조차 들었다.

"준비 다 됐니? 얘도 참, 아직 하나도 정리를 안 했네."

키리코는 말없이 끄덕였다. 할 말이 없어서가 아니었다. 엄마의 웃는 얼굴에 완전히 압도되었기 때문이었다.

"수납은 이미 마쳤어. 아빠가 차에서 기다리고 계셔."

엄마는 키리코의 선반에서 책과 갈아입을 옷을 꺼내 부지런히 가방에 넣었다. 긁힌 자국이 있는 『딱딱산』만은 병원 책이라고 알아본 것 같았다. 가방 옆에 따로 빼놓고 작업을 계속했다. 키리코는 일거수일투족을 지켜보았다. 하나같이 신선했다.

"자, 선생님들께 인사하고 갈까? 아, 배는 안 고프니?"

완전히 깨끗해진 병실에서 엄마가 키리코를 보았다.

"왜? 엄마 얼굴에 뭐 묻었어?"

——네 안에 희망이 없으면 옆에 있는 누군가의 안에 희망이 몰래 숨어 있을 거야.

에리의 말이 머릿속에 되살아나 심장이 쿵쿵 떨렸다.

엄마는 틀림없이 보고 있었다. 어째서 나는 보지 못했던 걸까.

아니, 눈에는 들어왔다. 하지만 머리에 들어오지 않았던 것이다. 자기 일로만 가득 차서.

엄마는 줄곧 곁에 있어 주었다. 집에서 발작을 일으켰을 때 사탕을 주었다. 구급차에 함께 탔다. 입원했을 때는 침대 옆의 보조

의자에 앉아 있었다. 책과 장난감을 가져다 주었다. 오타 의사 선생님에게 질문을 하며 언제나 내 병세에 신경을 곤두세웠다. 처음에 퇴원하기로 결정되었을 때 생글생글 웃으며 기뻐해 주었다. 내가 일부러 발작을 일으켜 입원이 연장되자 슬픈 듯이 고개를 숙였다. 그리고 지금, 퇴원이 결정된 지금은 웃으며 여기 있다.

아니, 그뿐만이 아니다.

케이크를 먹지 못하니 젤리로 때웠던 생일에도, 흰자위가 부어올랐던 동물원에서도, 내가 발작을 일으킬 때는 언제나, 내가 병원에서 선생님에게 무언가 설명을 들을 때는 언제나 엄마가 곁에 있었다.

나와 함께 살아가기를 바랐다.

그걸 왜 지금까지 깨닫지 못했을까.

어째서 이제야 깨달은 걸까.

"멍하니 넋 놓고 뭐하니? 슈지, 잠이 덜 깼어?"

문득 생각했다. 이것이 에리가 말하던 희망일까. 키리코는 아직 똑똑히 이해할 수는 없었다. 언어로 바꾸려 해도 논리의 그물망을 빠져나가 안타까운 마음만이 남았다. 하지만 희망의 윤곽 비슷한 것이, 온도가, 기척이 막연히 느껴졌다.

"자, 얼른 퇴원하자. 오늘은 축하해야지. 엄마가 젤리 만들어 줄게."

노래하듯이 말하는 엄마의 손을 잡고 키리코는 침대에서 내려왔다.

뒤를 돌아보자 흰 커튼이 헤어지기 아쉽다는 듯이 바닷바람을
타고 살랑거렸다.

상조회사 사람들이 와서 빠릿빠릿하게 일을 처리했다. 상자에
들어 있던 계획서대로 이런저런 의식이 진행될 것이다. 할머니가
와서 집안일을 거들었고, 아빠는 평소처럼 목욕을 했고 밤이 깊
어갔다. 돌아온 뒤로 줄곧 자기 방에 틀어박혀 이불을 뒤집어쓰
고 있던 카즈는 멍하니 시계가 째깍거리는 소리를 들었다. 느릿
느릿 일어나 벽에 걸려 있던 일력을 한 장 넘기고 새로운 숫자를
잠시 노려보았다.

엄마를 뒤에 남겨 두고 앞으로 나아가는 시간이 증오스러웠다.

조용히 문을 열고 살금살금 아래층으로 향했다. 아빠 방에 불
이 켜져 있었지만 안에서 소리는 들리지 않았다. 아무도 알아채
지 못하게 현관으로 가 살그머니 신발을 신고 밖으로 나갔다.

비는 그쳐 있었다. 짙은 구름 사이로 별이 박힌 하늘이 보였다.
커다란 달이 둥실 떠서 밤길이 환할 정도였다. 한 걸음, 한 걸음,
자갈과 타일의 감촉을 확인하며 걸어갔다.

사람은 없었다. 지나가는 자동차도 없었다. 신호등의 노란 불
빛이 소리도 없이 깜빡였다.

"꼭 낫겠다고 했으면서 안 나았어."

카즈는 아스팔트를 바라보며 중얼거렸다. 머릿속에는 엄마의 웃는 얼굴이 떠올랐다.

나을 수 있을 줄 알았거든. 그래도 놀이공원 가자는 약속은 제대로 지켰잖아?

그렇겠지. 엄마라면 그렇게 말할 것 같았다.

"그건 지켰다고 할 수 없어. 내가 얼마나 화난 줄 알아?"

카즈는 일단 소리 내어 말해봤지만 마음속에서는 분노의 감정은커녕 약속을 깼다는 생각조차 전혀 떠오르지 않았다. 그것이 스스로도 이상했다.

엄마를 생각할 때마다 웃는 얼굴이 떠올랐다. 단지 그뿐이었다. 생글생글 웃으며 카즈를 쓰다듬어 주는 엄마. 옷이 진흙투성이가 되어 돌아와도 재밌게 놀았구나, 하고 웃는 엄마. 잠자리를 잡아 오면 손뼉을 치며 기뻐하는 엄마. 맛있는 음식을 잔뜩 만들어도 자기는 별로 먹지 않고 카즈를 보며 웃는 엄마. 병원 침대 위에서 생글생글 웃는 엄마. 그리고 놀이공원에서 도시락을 펼치는 엄마.

엄마.

마지막 순간까지.

기도해 줘서 고마워.

웃었다.

카즈는 주먹을 쥐고 이를 악물고 멈춰 섰다.

다리였다. 처음부터 정처 없이 걸었기 때문에 카즈는 일단 난

간에 기대어 아래를 보았다. 검은 물살이 요란한 소리와 함께 소용돌이를 만들며 흘러갔다.

엄마, 나는 분해.

마지막의 마지막까지 진심으로 바라지 못했던 스스로가 분해. 그때 병원에서 필사적으로 기도했을 때는 틀림없이 엄마와 내가 하나였어. 그래서 지금 이렇게 가슴속에 엄마가 있어.

하지만 계속 그러지는 못했어.

요시다랑 애들이 놀렸을 때, 아빠가 가망이 없다고 했을 때도 불안해서 흔들리기만 했지 엄마처럼 강하게 버티지 못했어.

이래서는 똑같아. 포기했던 아빠나 다른 사람들이랑 하나도 다르지 않잖아.

"난 강해질 거야."

카즈는 강을 향해 다짐했다.

"엄마처럼 강하고 다정한 사람이 될게……."

지금까지 흘리지 않았던 눈물이 한 방울 또르륵 떨리며 굴러 떨어졌다. 눈물은 강물로 떨어져 거대한 물살의 일부가 되었다. 달이 비쳤다. 사나운 수면 위에서 흔들리고 갈기갈기 찢기고 다시 서로 이어지며 카즈를 바라보았다.

지켜봐 줘.

카즈는 눈가를 닦았다. 더는 울지 않았다.

달과 별 아래, 카즈는 강에서 등을 돌렸다. 그리고 얼굴을 들고 집을 향해 걸었다.

등교일이었다.

여름방학이 반쯤 지났을 뿐인데도 모두 전과는 조금 다르게 보였다. 그것이 어쩐지 부끄럽기도 하고 긴장도 되었다.

"카즈."

유이가 말을 걸려다 말고 순간 머뭇거렸다. 의자에 앉아 앞을 보고 있던 카즈는 햇볕에 검게 그을리지도 않았고 키가 더 자라지도 않았다. 다만 어쩐지 분위기가 전보다 말을 걸기 어려워졌다.

마음을 다잡고 한 번 더 말을 걸려고 했을 때 카즈가 유이를 돌아보고 물었다.

"왜 그래?"

"카즈, 있잖아."

말을 꺼내기도 전에 유이는 눈물부터 글썽였다. 집에서 가져온 케이지를 책상 위에 놓고 울음을 터뜨리지 않도록 참으며 조금씩 설명했다.

"방학 동안에 수의사 선생님한테 갔거든. 그랬는데 선생님이 모치오의 눈은 더 이상 낫지 않을 거래."

카즈는 잠자코 유이를 보았다.

"종양이 생겼대. 안쪽으로 깊이 생겨서 이젠 어떻게 할 수도 없대. 그래서 모치오는 이제 곧……."

천으로 덮은 케이지 안에서 부스럭부스럭 소리가 났다. 카즈는 가만히 천을 걷어 안을 들여다보았다. 한쪽 눈이 심하게 부어오른 햄스터가 자기 모습에 당황한 듯이 불안정하게 움직이며 방황하고 있었다.

"야, 괴물 햄스터 데려오지 마!"

새카맣게 그을린 요시다가 재빨리 알아보고 소리를 버럭 질렀다. 유이를 밀치고 케이지를 보더니 기분 나쁘다고 혀를 내밀었다.

"학교에 데려와서 이상한 병이라도 옮기면 어쩔 거야? 낫지도 않을 거면 갖다 버려."

"안 옮아. 그런 병은 아니랬어. 앗, 모치오를 괴롭히지 마."

필사적으로 가로막는 유이를 요시다가 밀쳤다.

"계속 길러 봐야 소용도 없잖아? 다 같이 모아서 사료 값 내는데 그런 괴물은 키우기 싫어."

유이가 숨을 삼키고 입을 다물었다.

"용기가 안 나면 내가 도와 줄게."

요시다가 천을 벗기더니 케이지 문을 열고 손을 안으로 쑥 집어넣었다.

그 손이 멈췄다.

"그만둬."

카즈였다. 카즈가 요시다의 손을 잡아 끌어냈다.

얼빠진 요시다는 아랑곳하지 않고, 소리 없이 가만히 문을 닫았다.

"야, 야, 카즈, 간이 배 밖으로 나왔구나."

조금 뒤늦게 소란을 피우기 시작한 요시다와 패거리를 완전히 무시하고 카즈는 케이지를 품에 안고 복도로 나갔다.

창문으로 여름 햇빛이 비쳐드는 인적 없는 복도 끄트머리, 시원한 바람이 들어오는 한쪽에 케이지를 가만히 내려놓고 카즈도 그곳에 주저앉았다. 바로 옆에서 은색 수도꼭지가 반작이고 물이 한 방울 떨어졌다. 유이가 뒤쫓아 달려왔다.

"괜찮아. 모치오는 아무 짓도 안 당했어."

카즈가 말하자 유이는 안심하며 가슴을 쓸어내렸다. 그리고 분한 마음에 얼굴을 찡그리고 눈을 감았다. 카즈가 보는 앞에서 유이의 뺨이 새빨갛게 물들고 꼭 감은 눈꺼풀 사이로 눈물이 흘러넘쳤다. 무슨 말을 하려고 했지만 그럴 때마다 차마 말이 나오지 않는 것 같았다.

케이지 안에서 병에 걸린 햄스터가 코를 쿵쿵거렸다. 가늘고 하얀 수염이 우리 바깥으로 탐색하듯이 삐져나왔다.

"곁에 있어 주자."

양손으로 얼굴을 감싸고 있는 유이의 어깨를 잡고 카즈가 가만히 말했다.

"마지막…… 끝까지."

햄스터는 반밖에 안 되는 시야로 열심히 주변을 더듬어 급수기를 찾아냈다. 끄트머리로 입을 내밀어 투명한 물을 조금씩, 조금씩 마셨다.

오래된 건물 창틀은 조금 다가가기만 해도 이상한 소리를 내며 삐걱거렸다. 새카만 하늘을 바라보며 키리코는 유효기간이 거의 끝나가는 에피펜 주사제를 만지작거렸다.

시간은 흘러 키리코는 어른이 되었다.

"역시 안 낫네."

알레르기 체질은 성장함에 따라 진정되는 경우가 많지만 키리코의 경우는 그렇지 않았다. 가라앉기는커녕 증상은 더욱 심각해져갔다. 다행히 지금까지는 한 번도 쓸 기회가 없었지만 에피펜은 앞으로도 상비해야 할 것이다.

에피펜, 즉 아드레날린 자동주사기는 중증 알레르기 반응인 아나필락시스 쇼크에 대처하는 최후의 보루다. 발작 시에 에피펜의 안전 팁을 제거하고 끝부분을 허벅지 등에 대고 꾹 누르면 강력한 바늘이 튀어나와 아드레날린을 근육으로 곧장 주입한다. 기관지를 열고 혈압을 상승시켜 쇼크 증상에 빠진 사람을 죽음의 구렁에서 억지로 다시 끌어낸다.

아나필락시스 쇼크에 의한 죽음은 빠르다. 발작이 일어난 지 30분도 지나기 전에 죽는 경우도 드물지 않다. 키리코의 목숨은 지금도 여전히 허공에 늘어뜨린 실 한 오라기에 매여 있는 불안정한 존재다.

나는 누군가의 안에서 무언가를 찾아냈을까. 그때 느꼈던 희망의 윤곽은 여전히 모호하고 흐릿했다. 그것을 더욱 똑똑히 알기 위해, 더욱 깊은 어둠의 안쪽으로 내려가기 위해 키리코는 계속 의사 일을 한다.

첫 번째 환자가 누구냐는 물음에, 의사로서 처음 진료한 사람이 아니라 에리의 모습이 떠오르는 것은 어째서일까. 의아하기도 했지만 동시에 지극히 당연한 일 같기도 했다.

유성이 하늘을 가로질렀다. 찰나에 사라지는 빛의 흔적을 키리코는 눈꺼풀 뒤에 새겨 넣었다. 혼자서 이렇게 하늘을 보고 있으면 우주에 떠 있는 것 같다. 그날, 에리와 이야기한 소등 후의 복도와 똑같았다.

하마우미 병원에서는 지금 이 순간에도 파도가 밀려왔다 멀어지고, 의사들이 바삐 일하고 있을 것이다.

키리코는 몇 번 눈을 깜박이고 에피펜을 비닐봉지에 넣었다. 내일 교환하러 가자. 돌아오는 길에 서점에 들르는 것도 나쁘지 않다.

여전히 병과 함께하는 일상이 키리코의 주변을 흘러갔다.

포크를 푹 박자 스테인리스 접시 위에 육즙이 주르륵 흘렀다. 커다란 덩어리를 나이프로 잘라 입을 쩍 벌리고 던져 넣었다. 튼튼한 치아로 꽉 물어 꼭꼭 씹은 다음 뱃속으로 내려 보냈다. 후쿠하라 마사카즈는 웨이터에게 빵을 더 달라고 부탁하고 바로 생각을 바꿔 고기도 추가했다.

우선은 먹어야 한다.

어떤 이유가 있든 먹지 않으면 사람은 약해진다. 영양소를 몸으로 보내고 몸을 연소시켜야 곤경 속에서도 길이 열린다.

후쿠하라는 여전히 병원 내에서 자리를 빼앗긴 상태지만 그 안에서도 광명을 찾아내고 있었다.

시치주지 병원은 원장이 정점에서 완벽하게 통제하고 있다고 생각했는데, 찾아보니 직원들의 충성심은 농도가 저마다 상당히 다르다는 것을 알게 되었다.

후쿠하라에게 일을 부탁한 감염내과의 이토카와는 알기 쉽다. 그는 분쟁을 싫어하지만 원장을 따를 생각도 없었다. 외과의 젊은 의사들도 겉으로는 원장을 따랐지만 후쿠하라를 정당하게 평가하지 않는 점에 불만을 품고 있는 것 같았다. 간호사들도 같은 편이었다. 그들은 무엇보다 후쿠하라라는 전력이 있는데도 현장에서 쓰려고 하지 않으니 짜증이 나 있었다. 환자가 끝도 없이 밀려드는 한복판에서 원장이 자기 마음대로 휘젓기에는 한계가 있었다.

기회는 있다.

추가한 스테이크를 덥석 물며 후쿠하라는 냉정하게 사고회로를 돌렸다.

하극상이다. 내 편을 늘리고 빈틈없이 연계를 취해 병원을 빼앗는다. 나에게 원장 자리를 내놓지 않을 수 없는 상황으로 아버지를 몰아넣으면 그만이다. 다만 아버지는 어중간한 압력에는 굴복하지 않을 것이고, 병원이라는 특성상 파업과 같은 강경 수단은 쓸 수 없다.

작전을 짤 필요가 있다. 다시 말해, 작전에 따라 어떻게든 해볼 수준까지 왔다는 뜻이다.

정치가의 수술을 거절히고 오토야마의 처지를 우선한 일로 후쿠하라는 계획이 5년은 후퇴했다고 생각했지만 그렇지도 않은 듯했다. 오히려 아버지의 보복 조치 때문에 지금까지 보이지 않았던 틈이 보였다. 돌파구는 후쿠하라가 길을 만들기를 기다리고 있었다.

후쿠하라 안에서 투지가 부글부글 끓어올랐다. 분화를 기다리는 마그마처럼 몸 안이 뜨겁게 불탔다.

반드시 해내겠어.

빵을 입에 밀어 넣고 꿀꺽 삼켰다.

후쿠하라는 벨을 울려 한 번 더 웨이터를 불렀다. 놀란 얼굴로 다가오는 웨이터에게 추가로 고기를 주문하고 스스로도 기가 차서 배를 문질렀다.

유독 배가 고팠다. 싸움을 앞두고 있어서일까.

아니다. 후쿠하라는 자조하듯 미소를 짓고 물을 입으로 가져갔다.

그날 이후로 줄곧 굶은 기분도 든다. 미처 먹지 못했던 바구니 안의 음식들을 두고 온, 놀이공원에 갔던 그날부터.

카운터에 혼자 앉아 우걱우걱 먹는 후쿠하라의 등은 이제 아버지보다 크고 듬직했다.

제3장

어떤 의사의 죽음

엄청난 곳에 왔구나.

전철에서 내리자마자 그런 생각이 들었다. 모든 것이 스케일이 달랐다. 천장은 고개를 들어 올려다봐야 할 만큼 높고 플랫폼은 마주 세운 거울처럼 끝도 없이 이어져 있었다. 열차가 차례차례 미끄러져 들어오고 그때마다 승객이 넘쳐났다.

역시 도쿄 따위, 오지 말걸 그랬다.

고향의 흔적이 남아 있는 것은 자신과 아버지가 두고 간 오래된 가죽 가방뿐이다. 번쩍번쩍한 양복과 반들반들한 구두가 교차하는 가운데 유독 자신만 왜소한 존재로 느껴졌다.

하지만 도망쳐서 돌아갈 수는 없었다. 죽기 살기로 공부해 돈을 벌어야 한다. 어머니를 지킬 사람은 나밖에 없다.

숨을 크게 들이마셨다. 살짝 축축하고 차가운 아침 공기가 가

숨속으로 들어왔다. 후, 하고 내뱉자 기합이 들어갔다. 자세를 바로잡고 개찰구를 향해 걸음을 옮겼다.

나는 도쿄 대학에 합격했다. 누구나 인정하는 최고 학부다. 이곳을 오가는 사람들 중에 나보다 똑똑한 사람은 몇 명 없을 것이다. 바닥을 보지 마. 기죽지 마.

싸워라.

스스로를 타이르고 도쿄 땅을 밟으며 개찰구를 통과했다.

요즘 부쩍 추워졌다. 따뜻한 커피의 맛과 식어가는 속도를 혼자 책상 앞에 앉아 느끼며 후쿠하라는 문득 등 뒤의 창문을 돌아보았다. 노랗게 물든 은행잎이 바람을 타고 날아갔다.

부원장실에 비쳐 드는 빛이 어슴푸레해서 정오가 조금 지났을 뿐인데도 실내에는 그림자가 짙게 깔렸다. 아직 조명을 켤 마음은 들지 않았다. 선명한 인공 빛은 순식간에 방을 채우고 햇빛을 내쫓는다. 그러기에는 어쩐지 아깝다.

머지않아 겨울이다.

병도 계절을 탄다. 여름이 온열질환과 식중독의 계절이라면 겨울은 인플루엔자와 뇌졸중의 계절이다. 호흡기내과와 순환기내과는 이제 곧 눈이 핑핑 돌 만큼 바빠질 것이다. 그 여파는 외과에도 미친다.

하지만 아버지가 계속 나를 배제하는 한 나에게는 일이 넘어오지 않는다. 고마운 기회가 아닌가. 자유롭게 공부하면서 느긋하게 쿠데타 준비를 할 수 있다는 뜻이다.

이미 외과의 젊은 의사들과는 개별적으로 이야기를 나눠 성과를 내고 있다. 많은 사람이 후쿠히리에게 찬동해 주었다. 예전에 부하였던 홋타 요코는 요즘 들어 원장이 이상해졌고, 이대로는 병원이 엉망이 된다며 씩씩거리고 있었다.

당연한 일이다.

아버지는 출세에 출세를 거듭해 말단 의사에서 원장 자리까지 치고 올라가 병원을 격이 다르게 성장시켰다. 하지만 풍운아라고 불렸던 아버지도 벌써 일흔이 넘었다. 앞으로 몇 년을 더 살지 모른다. 한편 내게는 실력이 있고 야심이 있고 무엇보다 미래가 있다.

어느 편에 붙어야 유리한지는 명백하지 않은가.

마지막 한 모금을 마셨다. 바닥에 고인 벌꿀의 달콤한 여운이 혀에 감돌았다.

젊은 의사들은 그렇다 치고 상층부에도 말을 해 두어야 한다. 그러기 위해 구슬려야 할 사람은 니토베 외과부장이다.

니토베는 눈에 띄는 타입도 아니고 의사로서의 실력도 그저 그렇다. 적절한 순간에 적절한 사람에게 아첨하는 능력을 무기로 처신해온 남자다. 수술실에서 메스를 휘두르는 것보다 요정에서 술을 따라 주는 시간이 더 길다는 소문도 있다. 누구보다도 아버지 곁에 찰싹 붙어 있는 그를 내 편으로 끌어들일 수만 있으면 된다.

그러면 아버지의 아성은 위아래에서 단숨에 무너질 것이다.

머그컵 바닥에서 커피 찌꺼기가 술술 밀려다녔다. 그것을 쳐다 보며 후쿠하라는 잠시 생각에 잠겼다.

어떻게 진행시키면 좋을까. 정면 승부로 나가야 하나. 아니면 뒤를 쳐야 하나.

그때 생각지도 못한 PHS가 울렸다. 후쿠하라는 놀라 머그컵을 떨어뜨릴 뻔했다. 요즘 들어 거의 호출을 받은 적이 없는데 대체 누구일까.

아버지가 엄하게 찍어 누르고 있는 한 외과에서 호출이 올 리 가 없다. 이번에도 감염내과의 이토카와일까. 그렇다고 보기에는 시간대가 미묘했다.

PHS의 통화 스위치를 누르고 귀에 대는 짧은 시간 동안 후쿠 하라는 어떤 예감을 느꼈다.

좋다고도 나쁘다고도 할 수 없는, 단지 후쿠하라의 세계에 어 떤 큰 변화가 일어나는 감각이었다.

"네, 후쿠하라입니다."

건너편에서 당황한 기척과 함께 가느다란 목소리가 전파를 타 고 날아왔다.

"아, 마사카즈 선생. 외과의 니토베예요. 그게, 좀 급하게 전할 소식이 있는데 지금 괜찮을까?"

"네."

미간을 찡그리며 후쿠하라는 무심코 일어섰다. 이상하게 가슴이 술렁거렸다. 전등 스위치를 켰다. 단박에 실내가 희고 선명한 빛으로 가득 찼다.

전화벨이 울리는 소리가 들렸다.

기분 좋게 자고 있는데 수풀을 헤치고 짐승이 침입해 오는 것 같았다. 시끄럽다. 어제 온종일 공부해서 피곤하다고. 수면 상태에서 현실로 끌려나오면서 몸의 감각이 돌아왔다. 상반신이 무겁고 이마가 아프다. 좌탁에 엎드려 잔 탓이다. 뺨에 닿은 딱딱한 것은 두꺼운 미생물학 교과서가 틀림없다. 아니면 깜빡하고 챙겨 넣지 않은 연필일까.

몸을 일으키고 눈을 비비며 주변을 둘러보았다.

교과서에 자신이 흘린 침이 고여 있는 것을 보고 허둥지둥 집어 올려 방 안에 둘러친 빨랫줄에서 속옷을 집어 닦았다. 있을 수 없는 일이다. 몇 주일의 식비와 맞먹는 비싼 교과서다.

신중하게 젖은 부분을 펼치고 숨을 불어 밖에서 들어오는 햇볕 아래에 말렸다. 자신이 어리석음에 발을 굴렀다. 하지만 젖은 부분은 귀퉁이뿐이라 큰 문제는 없었다. 가슴을 쓸어내렸다.

어딘가에서 전화벨이 울렸다.

캠퍼스를 걷고 있으면 동기가 말을 건다. 놀러 가자고, 도쿄여자대학 애들과 미팅을 하는데 같이 가자고, 찻집에 가자고, 바다로 가자고.

그런 데에는 관심이 없었으므로 모두 거절했다. 상대도 머릿수를 맞추려고 말을 꺼냈을 뿐인지 거듭 권하지는 않았다. 좋은 경험이 될 테니 가 봐도 좋았을 거라고 뒤늦게 생각했다. 하지만 무리였다. 여자가 있든 부드러운 모래톱이 펼쳐져 있든, 밤늦게 취객을 상대하며 돈을 버는 어머니의 모습을 생각하면, 아들을 대학에 보내기 위해 몸이 바수어지도록 일하는 어머니의 얼굴을 떠올리면 무언가를 즐길 기분이 들지 않았다.

무엇보다 간다 하더라도 오래 입어 낡은 셔츠와 바지에 나막신 차림으로는 여자들이 거들떠보지 않았을지도 모른다.

상관없다. 대학교는 노는 곳이 아니다. 모나지 않을 정도로만 친구를 사귀고 나머지 시간에는 아무튼 공부를 한다. 의사국가시험에 단번에 합격하는 것은 당연한 일이다. 그 뒤의 일까지 생각하면 지금은 아무리 공부를 해도 부족하다.

나는 돈을 벌 것이다. 누구보다도 잘 버는 남자가 될 것이다.

어머니를 위해서, 돌아가신 아버지 몫까지 벌어야 한다.

전화벨이 끈질기게 울렸다. 그때 문득 의문이 스쳤다.

나는 지금 어디에 있지? 하숙집인가? 캠퍼스를 걷는 중인가? 조금 전까지는 도쿄역에 있었던 기분이 든다. 다양한 장소를 오가는 느낌이었지만, 한편으로는 전화벨 소리가 멀어졌다가 가까워졌다가 하며 끊임없이 계속 울렸다. 시간, 아니 인과의 감각이 희박했다. 대체 어떻게 된 거지? 꿈을 꾸는 중인가?

나는 지금 어디에 있는 걸까.

전화벨 소리가 문득 끊겼다. 누군가가 수화기를 들었나 보다.

좌탁 위에서 교과서를 넘기고 어제 어디까지 외웠는지를 확인했다. 중요한 부분에 빨간 색연필로 밑줄을 긋고 머릿속에 쑤셔넣은 다음 노트에 필기를 했다.

창밖에서는 비가 내렸다. 빗방울이 불투명 유리 위를 뱀처럼 기어 다녔다.

아래층에서 나를 부르는 소리가 들렸다. 조금 귀찮았지만 연필을 내던지고 머리를 긁적이며 삐걱삐걱 울리는 계단을 내려갔다. 하지만 검정 전화기의 수화기를 내미는 주인집 아주머니의 얼굴을 보자마자 안 좋은 예감이 스쳤다.

싫다. 받고 싶지 않다. 이 전화는 받으면 안 된다.

알고 있어도 받아야 하는 전화가 있다. 자신이라는 인형을 억지로 조종해 수화기를 귀에 댔다. 그리고, 들었다.

어머니가 위독하다는 소식이었다.

"오늘도 고마워요, 키리코 선생님."

"뭘요. 건강 조심하시고요."

얼굴을 찌푸리고 멀뚱하게 서 있는 진구지 앞에서 키리코와 키요이케 할머니는 서로 머리를 깊숙이 숙여 인사했다.

"아이고, 고마워요."

문을 열어 고정해 두었다. 할머니가 손인사를 하며 눈앞을 지나 완전히 나간 것을 확인하고 문을 닫았다. 그리고 키리코를 돌아보았다.

"와, 오늘은 조림이네. 좋아, 밥을 짓자."

밀폐용기 뚜껑을 열고 태평하게 감상이나 하고 있었다.

"선생님, 키리코 선생님. 진료 보수가 조림이라니 말이 돼요?"

"괜찮아. 요전에 마츠다 씨가 주신 쌀이 아직 있거든. 이토 씨가 신선한 소송채도 주고 가셨어. 당분간 먹을거리는 문제없겠어. 그렇지, 욕심을 부리자면 고기도 먹고 싶은데. 목장 주인이나 정육점에서 환자로 와 주지 않으려나?"

"원시 경제 같은 소리 하지 마세요. 제 급여는 어떻게 주실 거예요?"

키리코가 고개를 갸웃거렸다.

"그러니까 조림을 절반 줄게."

"필요 없어요. 조림은 싫어해요. 돈으로 받고 싶어요."

"그럼 미안하지만 조림을 대충 팔아서 현금으로 만들어 줘."

행상인처럼 조림과 채소를 짊어지고 길가에 서서 지나가는 사람들에게 말을 거는 자신의 모습이 순간 머릿속에 스쳤다. 현기증을 느끼고 허둥지둥 책꽂이에 손을 짚어 몸을 지탱했다. 거기에 마냥 내버려 둔 커피 캔이 휘청휘청 흔들렸다.

키리코 의원은 여전히 가난하고 액면상의 수입은 거의 제로다. 여전히 낡은 빌딩의 방 한 칸을 칸막이로 나눈 궁상스러운 구조지만 어디에나 특이한 것을 좋아하는 사람들이 있기 마련이다. 띄엄띄엄 손님이 오기 시작하더니 손님이 손님을 불러 지금은 매일 몇 명씩은 찾아오게 되었다.

하지만 진구지가 보기에는 대부분이 환자가 아니었다. 물론 주된 증상은 기분이 안 좋다든가 머리가 아프다든가 하는 것이다. 하지만 이야기를 잘 들어 보면 응원하는 야구팀이 져서 기분이 나쁘다든가 아들이 아무리 나이를 먹어도 결혼할 생각이 없는 것 같아서 머리가 아프다든가, 농담도 작작 하라고 말하고 싶어지는 내용들뿐이다.

키리코는 그것을 또 아주 진지하게 차트에 적어 넣었다. 야구 승패와 두통의 상관성에 관해 정리한 논문이 없는지 조사도 했다. 아주 드물게 명확한 병증의 징후가 보이는 경우에는 다른 병원을 소개하는 정도라, 거의 의사라는 생각이 들지 않았다.

"이래서 진짜 괜찮겠어요?"

진구지가 몇 번째인지 모를 말을 또다시 꺼냈다.

실내에는 밥솥에서 뿜어져 나오는 뜨거운 김이 고즈넉하게 녹아들었다. 키리코는 의자에 축 늘어져 앉아 손에 든 바둑 입문서를 팔랑 넘겼다.

"아, 그렇구나. 이게 축이구나. 이러면 흰 돌이 전부 죽는구나."

딱, 하고 흰 돌을 낡은 바둑판에 놓으며 중얼거렸다. 더는 참을 수가 없었다.

"그렇게 게임이나 하면서 놀지 말고 내 말도 좀 제대로 들어 주세요."

바둑판과 바둑돌 모두 단골인 마츠다 씨가 놓고 간 것이다. 그는 수요일 오전마다 빠짐없이 찾아와 정오가 지나도록 키리코와 바둑을 두었다. 진료비──그것을 진료라고 해도 좋다면 말이지만──는 대개 쌀이나 채소였다.

"기초적인 진단 능력이 없으면 환자와 대화하지 못해. 그러니까 의사는 6년이나 걸려서 학교에서 공부를 해도 여전히 한 사람 몫을 해내지 못하는 거야. 평생 공부를 계속하는 수밖에 없지."

키리코는 바둑판을 바라보고 흑백의 보석 같은 돌을 번갈아 놓았다.

"마찬가지로 바둑을 두지 못하면 대화를 하지 못하는 환자도 있어. 야구 선수에 대해 자세히 모르면 대화할 수 없는 환자도 있고."

"그런 사람을 환자라고 부르는 거예요? 그냥 친구잖아요."

"친구면 돼. 더 적당히 해도 되고. 마츠다 씨와 나는 바둑을 두면서 같이 시간을 보내. 그러다 그분의 눈꺼풀이 붓고 안색이 나쁜 걸 알아채고 신장내과를 소개한 거고."

진구지가 눈을 깜빡였다.

"으리으리한 병원을 열어 놓고 오면 진료해 준다는 식으로는 병을 조기에 발견하지 못해. 누구나가 조기 발견의 중요성을 강조하면서도 정작 중요한 일은 아무도 하려고 하지 않아. 의사와 환자는 갈라 두면 안 되는 거였어. 함께 살아가는 게 의료의 본질이어야 해. 다른 사람과 함께 살아가고, 병과 함께 살아가는 거야. 구분 짓는 선 따위는 어디에도 없어."

그가 궤변을 늘어 놓는 것인지 아니면 정말로 의사로서 이상을 좇는 중인지, 진구지는 가끔 알 수가 없었다.

실제로 그럴 수도 있다고 생각한다.

의사는 병원에 있는 훌륭한 사람이 아니라 같이 어울려 놀고 이야기하고 채소가 남아돌면 조금 나눠 주는 거리 정도면 충분하다. 한쪽은 바둑을 가르쳐 주고 한쪽에서는 건강을 신경 써 준다. 인간으로서 서로 배려하는 정도까지 단순화하여 그 사이에 돈이라든가 환자와 의사라든가 하는 것들이 끼어들 여지는 없어도 된다──그런 것이 현실적으로 가능하다면.

"결국 병 앞에서 모든 사람은 평등하거든."

키리코가 돌을 하나 놓았다. 그것이 결정타가 되어 바둑판 위의 검은 돌 무리는 숨 쉴 구멍을 완전히 잃고 질식해 제거된다.

"의사든 누구든, 사람은 죽어."

전화벨이 울렸다.


"키리코 의원 경영은 순조롭나?"

진구지도 수화기에서 새어나오는 목소리를 듣고 누군지 알았다. 후쿠하라다. 목소리에는 평소보다도 한층 더 자신감이 흘러넘쳤다.

"시치주지 병원 부원장님이 전화를 다 주시고 별일이네. 안 바빠?"

키리코는 어깨에 수화기를 끼워 고정하고 바둑 입문서를 계속 넘겼다.

"앞으로 더 바빠질 거야. 부원장이 아니게 될지도 모르지."

삑. 삑. 단속적인 전자음이 울렸다.

"키리코, 이건 무슨 소리야?"

"밥이 다 됐어."

"밥이라고?"

"그런데 무슨 일이야?"

밥솥 뚜껑을 열고 밥을 밥그릇에 푸며 키리코가 물었다.

"키리코 선생에게 의사로서 일을 의뢰하고 싶어. 당연히 비용도 지불할 거고. 일이 없는 상태라면 나쁜 이야기는 아닐 거야."

목소리에 비꼬는 기색이 묻어났다.

"네가 나한테?"

"환자를 한 사람 봐 줬으면 해."

아무리 키리코라도 수화기를 고쳐 쥐게 만드는 말이었다. 진구지가 가만히 키리코의 손에서 고봉밥을 푼 밥그릇을 받아서 책상에 놓았다.

"잠깐, 후쿠하라. 너나 너희 병원 의사가 볼 수 없는 환자야?"

"그래. 우리 병원에서는 아무도 볼 수 없어. 아마도 너 말고는 없을 거야."

"그런 환자가 있다고?"

"있지. ──후쿠하라 킨이치로."

그 이름을 듣고 키리코는 숨을 한 번 삼킨 것 같았다.

"내 아버지, 시치주지 병원장이야. 자세한 이야기는 이쪽에서 할 테니까 사정이 되는 대로 와줘."

키리코가 거절할 수도 있다고는 전혀 고려하지 않은 말투였다.

"증상은 어떤데?"

"치매야. 혈관성이겠지. 얼마 전에 뇌경색 발작을 일으킨 뒤로 이상해졌어. 더 이상 병원장으로서는 쓸모가 없어졌지. 뭐, 나이가 나이니까."

후쿠하라는 마치 남의 일처럼 내뱉었다.

"네가 직접 안 보고? 나한테 해 달라는 거야?"

"그래. 나도 이런저런 일로 바빠서 말이야. 부탁할 사람은 너 정도야."

잠시 침묵했다가 키리코가 불쑥 말했다.

"바로 갈게."

전화를 끊고 키리코는 크게 숨을 들이쉬었다가 뱉었다. 그리고 겉옷을 걸치더니 바둑판과 밥그릇 모두 그대로 두고 "내가 없는 동안 잘 부탁해"라는 말만 남기고 달려나갔다.

수화기에서 목소리가 들렸다.

"킨이치로, 야스요가 쓰러졌어. 오늘 밤이 고비라는구나."

듣고 싶지 않다.

전화벨이 울렸다. 수화기를 들었다. 목소리가 들렸다.

"킨이치로, 야스요가 쓰러졌어. 오늘 밤이 고비라는구나."

싫다. 싫다.

어째서.

어머니. 너는 머리가 좋으니까 열심히 공부하라고 말해 준 어머니. 싫어하던 술을 마시고 더러운 아저씨들을 상대하며 쉬지 않고 일만 해 온 어머니. 의사가 될 거였는데. 의사가 돼서 돈을 왕창 벌어서 더는 일하지 않아도 된다고 말할 예정이었는데 어째서 늦어 버린 거야.

"킨이치로, 야스요가 쓰러졌어. 오늘 밤이 고비라는구나."

"싫어!"

나는 주먹으로 있는 힘껏 좌탁을 내리쳤다. 격렬한 진동에 교과서와 노트가 흔들리고 연필이 튀어나가야 했다. 하지만 눈앞에서 덜그럭덜그럭 흔들린 것은 머그컵이었다. 내가 이런 걸 가지고 있었던가.

"아아, 진정하세요."

당황하고 있는데 여자가 서둘러 머그컵을 잡고 네모난 테이블

한가운데로 옮겼다.

"당신, 누구야? 어디서 왔어?"

"저는 간호사인 이이지마예요. 체온을 재러 왔어요."

"이이지마 씨……라고요?"

"네. 잠시 실례할게요."

본 적이 있는 것 같기도 했다. 이이지마는 가만히 내 옷을 벌려 겨드랑이에 체온계를 꽂았다. 나는 당황하면서도 그 모습을 지켜보았다.

"37도. 조금 높네요."

내가 이러고 있을 때가 아니었을 텐데. 그렇지. 전화다. 전화를 받고 그 뒤로 어떻게 됐더라.

"저기요."

나는 옆에 서 있는 흰옷을 입은 간호사에게 물었다.

"죄송하지만 한 가지 여쭤 봐도 될까요?"

"네?"

이이지마라고 적힌 명찰이 가슴에서 반짝 흔들렸다.

"후쿠하라 야스요는 어떻게 됐죠?"

"야스요 씨요?"

"후쿠하라 야스요라고, 제 어머니예요. 여기 병원 맞죠? 여기에 입원해 있을 거예요. 연락을 받고 왔거든요."

"저기, 괜찮아요. 아, 잠시만 기다려 주세요. 선생님께 물어보고 올게요."

"네."

내가 순순히 끄덕이자 간호사가 난처한 표정으로 방을 나갔다. 나는 혼자 남겨지자 진정이 되지 않아 손가락을 꼼지락거렸다. 무언가 이상하다고는 깨달았다. 근거 모를 불안이 사라지지 않았다. 마치 안개처럼 나를 따라다니며 떨어지지 않았다. 하지만 실체를 잡으려고 해도 손가락 사이로 빠져나가고 뚫어지게 응시하면 뒤로 휙 물러났다.

이 방은 어디지.

청결한 느낌이 나는 흰 천장, 하얀 벽. 침대, 책상, 텔레비전. 한쪽에는 화장실과 샤워실도 있는 듯했다. 나는 손바닥만 한 하숙집에서 공부를 하고 있지 않았던가. 이사를 했나. 그런 기억은 없었지만 그렇지 않다는 확신도 아직 어디에서도 발견하지 못했다.

자신에게 손이 달려 있는 것만큼 당연하게 이 방이 있다. 그렇다면 어느 시점에 여기로 이사를 왔을 텐데. 기억이 뚝 끊겨 있었다.

"연필이 어디로 갔지?"

나는 침대 밑을 살펴보았다. 없다. 방바닥까지 찾아봤지만 어디에도 떨어져 있지 않았다.

"연필이 없으면 공부를 못하잖아."

이럴 때면 속이 부글부글 끓는다. 그게 싫어서 필기도구는 넉넉하게 사 두는데 한 자루도 없다니. 누군가가 멋대로 가지고 간게 아닐까.

나는 짜증이 나서 벽을 쳤다. 그래도 기분이 진정되지 않아 쿵쿵 바닥을 찼다.

"아버지, 들어갈게."

그때 문이 열리고 누군가가 들어왔나.

나는 기분이 상당히 불쾌했기 때문에 그 사람에게 바로 요구했다.

"거기 당신, 연필 좀 빌려 줄래요?"

키가 크고 근육질인 남자가 눈을 동그랗게 뜨더니 이내 한숨을 푹 쉬었다. 뒤따라 들어온 키가 작고 창백한 남자가 생기 없는 탁한 눈동자로 나를 바라보았다.

"연필 한 자루 정도는 줄 수 있잖아요? 돈은 나중에 줄게요."

나는 거듭 부탁했지만 그는 상대해 주지 않았다.

"키리코, 보면 알겠지? 이런 상태야."

"그런데 왜 연필이지? 섬망* 증상이라도 있어?"

"모르지. 그것도 포함해서 진료해 줘. 아버지, 진정하고 자세히 봐. 나라고."

나는 눈을 깜빡였다. 이 목소리는 들은 적이 있다.

"이 목소리는…… 마사카즈냐?"

빌어먹을, 시야가 유난히 부예서 얼굴이 보이지 않았다. 나는

---

* 심한 과다행동과 환각, 초조함과 떨림 등이 자주 나타나는 증상.

눈을 문지르고 잠시 눈을 감았다가 한 번 더 그 사람들을 보았다.

"아아……, 역시 마사카즈구나. 무슨 일이냐?"

"봐, 이렇게 한번 진정시키면 알아. 아버지, 일단 앉아."

"아, 그래."

어떻게 된 거지? 어째서 마사카즈가 지금 내 앞에 있지?

"아버지가 기억하는지는 모르겠지만 일단 소개할게. 이 사람은 키리코 슈지야. 아버지의 주치의야. 우리 병원에서 근무했었는데 기억나?"

"그건, 기억해."

나는 마사카즈와 키리코를 번갈아 보았다. 그는 마사카즈의 대학 동기로 피부과의다. 성격은 약간 독특하지만 일부 환자들 사이에서 유독 평판이 좋다.

제대로 기억하고 있다고 생각하는데 어째서 그가 내 주치의가 됐지? 그 부분이 아무래도 이해되지 않았다.

"내가 피부병에 걸린 게냐?"

마사카즈에게 물었지만 대답해 주지 않았다.

"나머지는 키리코 선생한테 들어. 키리코, 부탁할게."

"벌써 가게, 후쿠하라?"

"난 할 일이 있거든. 무슨 일이 있거든 나중에 전화해 줘."

마사카즈가 일어나서 내게 인사를 하더니 흰 가운을 휘날리며 방을 나갔다.

나를 배제한 채로 무언가가 진행되고 있었다. 왜일까. 어째서 이런 일이 벌어졌을까.

"……앞으로 잘 부탁드립니다, 원장 선생님."

키리코가 말했다.

"그래."

모두가 너무나 자신만만하게 이 상황을 받아들이는 바람에 이제 와서 물어볼 분위기도 아니라 무심코 맞장구를 치고 말았다. 아니, 안 된다. 제대로 확인하지 않으면 혼란스럽기만 할 뿐이다. 똑똑히 해야 한다. 무엇이 어떻게 되었는지. 무슨 일이 일어나고 있는지. 그렇다, 나는 물어 봐야 한다.

"이보게, 잠깐 괜찮겠나?"

내가 부르자 눈앞에 있는 가운을 입은 남자가 내 쪽을 흘깃 보았다.

"후쿠하라 야스요가 어떻게 됐는지 아나? 내 어머니인데. 아마 이 병원에 있을 거야."

창문으로 비쳐 드는 저녁 햇살이 그의 얼굴을 붉게 물들였다.

설마 이렇게 빨리 여기로 돌아오게 될 줄이야.

어둠 속에 우뚝 솟아 있는 시치주지 병원을 올려다보고 진구지는 한숨을 쉬었다.

참 크기도 하지. 마치 요새 같다. 무수히 열린 총구 같은 창문으로 불빛이 새어 나왔다. 저 병실 하나하나마다 환자가 있고 의사가 있고 간호사가 있다. 병마와 싸우는 최전선이다. 이곳은 밥을 짓고 바둑돌 놓는 소리가 울리는 키리코 의원과는 완전히 다른 공간이었다.

직원용 출입구로 들어가 탈의실 앞을 지나가자 몇몇 여자들이 이쪽을 보고 아리송한 표정을 지었다.

저 사람 그만두지 않았어?

그렇게 수군거리고 있을 것이다. 진구지는 가볍게 묵례만 하고 계단을 올라갔다. 후쿠하라 킨이치로의 병실은 9층 특별실이라고 들었다.

단숨에 올라가기는 힘들었다. 5층 근처에서 한 번 멈추고 숨을 골랐다. 심장이 쿵쾅쿵쾅 뛰었다. 무거운 보스턴백이 원망스러웠다.

아는 사람을 만나면 껄끄럽다는 둥 하며 괜한 신경 쓰지 말고 직원용 엘리베이터를 탈걸 그랬다. 하지만 여기까지 왔는데 고집이 있지.

이마의 땀을 닦고 다시 올라가기 시작했다.


그곳은 마치 호텔 룸 같았다. 스위트룸 못지않게 넓었다. 가운데에 킹사이즈 침대가 놓여 있고 테이블 두 개, 의자 다섯 개, 큼직한 텔레비전에 넓은 샤워실, 냉장고와 DVD 플레이어, 음향 장치까지 있었다. 병실 사용료는 하루에 얼마나 할까.

"대궐이 따로 없네요."

그렇게 말하며 실내로 들어가자 소파에 앉아 있던 키리코가 걱정스럽게 돌아보았다.

"왜 그렇게 헉헉거려?"

"계단으로 올라왔거든요."

"건강하네. 부탁한 건 가져왔어?"

"네. 고맙게 여기세요. 무거웠다고요."

진구지가 보스턴백을 내던졌다.

"고마워."

키리코는 가방 안을 부스럭부스럭 뒤적였다.

"의원에 안내문도 잘 붙여 놓고 왔어요. 한동안 부정기적으로 진료합니다, 하고요."

"고마워."

가방 안에는 키리코의 개인 물건이 들어 있었다. 당분간 갈아 입을 옷과 약간의 현금, 그리고 머그컵과 책, 필기도구와 노트 등이었다. 바둑 입문서도 들어 있었다. 가방 하나로 키리코 의원이 이 특별실로 이사 온 것이다.

"거의 여기서 묵으면서 치료를 하시게 되나요?"

"그렇지……. 우리 둘이서 교대하며 보자."

진구지가 눈썹을 찡그렸다.

"우리 둘뿐이라고요? 그게 후쿠하라 선생님의 의뢰예요?"

"물론 비품이나 의료 기구는 여기 걸 쓸 거야. 일손이 부족하면 사람을 보내 줄 테니까 신청하래. 청구서만 쓰면 돈은 얼마든지 내겠대."

"그게 뭐예요. 마치 골칫거리를 남한테 떠넘기는 것처럼."

"실제로 골칫거리겠지."

키리코가 침대 쪽을 보자 진구지도 덩달아 그쪽을 보았다. 환자는 눈을 가늘게 뜨고 있었지만 눈동자에는 빛이 없었다. 허공을 응시한 채 반쯤 벌린 입으로 조용하고 천천히 숨을 쉬고 있었다. 진구지가 들어와도 알아채지 못한 것 같았다.

저 사람이 그 무서운 시치주지 병원의 원장, 모든 결정권을 움켜쥔 제왕, 후쿠하라 킨이치로란 말인가. 어깨로 바람을 가르는 걸음걸이, 추켜올라간 눈썹에 맹금류 같은 시선, 그리고 땅속에서 울려 나오는 듯한 목소리. 직접 마주한 적은 없었지만 이따금 복도에서 스쳐 지나갈 때면 무심코 돌아보게 만드는 박력이 있었다.

지금은 원장을 원장답게 하던 위엄은 어디서도 찾아볼 수 없었다. 힘없이 누워 있는 몸뚱이, 앙상한 팔다리, 듬성듬성 자란 희고 투명한 수염. 도드라진 갈비뼈에 건조하고 주름진 피부.

그는 어디에나 있는 작고 쇠약한 노인에 지나지 않았다.

"잠드신 거예요?"

키리코는 고개를 끄덕이고 손에 든 메모지를 넘겼다.

"조금 전까지 문진을 했거든. 상당히 피곤하신 것 같아서 일단 쉬기로 했어."

"상태는 어때요?"

"어려워."

치매는 나도 전문 분야가 아니라 공부하는 중이지만, 하고 키리코가 운을 떼며 이야기를 시작했다.

"뇌경색으로 인한 혈관성 치매라고 생각하지만 아직 증상을 정확히 집어내지 못했어. 뇌내출혈도 있어 보이고. 다만 기억장애는 확실하게 일어났어. 그리고 시각장애도 있는 것 같아. 상대가 누구인지 얼굴을 보고도 바로 이해하지 못해. 안면실인증일지도 몰라."

"수발이 필요할까요? 식사나 배설은 가능한가요?"

진구지는 점차 전문적인 질문으로 옮겨갔다.

"식사는 천천히 시간을 들이면 지금으로서는 먹을 수 있어. 삼킴장애는 없고. 화장실에는 혼자 가려고 하고 문제없이 할 수 있어. 다만 걸음은 약간 위험해. 폭력성은 없고. 얌전해. 오히려 약간 억제하는 느낌이 들어서 걱정이야."

"혈관성인 경우에 주로 나타나는 증상이네요. 앞으로 단계적으로 악화될 거예요. 투약은 어떻게 하실 거예요?"

"원래 심장이 약해져 있어서 심방세동……, 부정맥의 일종이 있었어. 그로 인해 발생하는 혈전 예방을 위해 와파린(항혈소판제)을 쓰고 있었는데 이번 출혈을 감안해 일단 투여를 멈췄어. 이건 상태를 보면서 적당히 재개하고 싶어. 나머지는 뭐, 무난하게 감염증 예방과 합병증 예방약을 주고 있지. 앞으로 어떡할지는 진찰이 끝난 다음에 검토할 거야."

"알겠어요."

진구지는 머리를 뒤로 묶었다. 오랜만에 간호사다운 일이다. 신경이 날카로워지는 것을 느꼈다.

"언제든 교대할 수 있어요."

"아직 괜찮아."

키리코는 바둑 입문서와 아마도 치매에 관한 책일 전문서를 테이블에 펼쳤다.

"증상을 제대로 파악할 때까지 난 여기 있을 생각이야. 치료 방침이 결정되면 교대하면서 보자. 그러니까 한동안은 쉬어도 돼."

뭐야.

조금 맥이 빠지는 느낌을 받으며 진구지가 말했다.

"열심히 일할 생각으로 왔는데."

"치매는 기본적으로 낫지 않아."

키리코는 먼저 바둑 입문서를 펼쳤다.

"장기전을 각오해야지."

"아아."

킨이치로가 무언가 신음 소리를 냈다.

"아……아."

두 사람은 무심코 침대 위를 보았다. 일어났나 싶었는데 자세나 표정에는 변화가 없었다. 자는 숨소리가 작게 이어졌다.

"하품 소리였나?"

"그런가 봐요."

원장이든 대궐에 있든 환자는 환자다. 아무리 덕을 많이 쌓건 재산을 많이 모으건 병 앞에서는 모두 똑같은 사람이다.

진구지는 처음으로 후쿠하라 킨이치로에게 모성을 느낀 기분이었다.

"급한 조정 사항은 이걸로 일단 끝입니까?"

"그렇죠, 아아, 네. 그래요."

후쿠하라 앞에서 니토베가 안경 위치를 몇 번이나 고치며 수첩을 확인했다. 꼬박 5분 정도 들인 다음 니토베가 고개를 들었다.

"괜찮아요, 다 끝났어요. 연일 여러모로 고생이 많네요."

"아니요, 아버지 일을 커버하는 것도 제 일인걸요."

피곤했지만 아무렇지도 않았다. 원장 대리로 회의에 참석하고 관계자와 만나 머리를 숙이는 정도는 어렵지 않다. 오히려 나중에 누가 원장의 뒤를 이을지 알릴 수 있는 기회다.

"그렇죠, 암요, 덕분에 한숨 돌렸어요, 역시 대단해요."

니토베가 비굴하게 실실거리자 옅어진 정수리 부분이 땀으로 빛났다. 후쿠하라는 부원장실 의자에 기대 크게 숨을 내쉬었다.

"우선은 어떻게든 넘어가겠어요. 아버지가 쓰러졌다는 전화를 받았을 때는 큰일 났다고 생각했지만요."

"그러게 말이에요. 나도 제정신이 아니었다니까요. 갑자기 정신을 잃으셨잖아요."

감개무량하다.

그때는 니토베 외과부장을 어떻게 내 쪽으로 끌어들일지 그 생각밖에 머리에 없었다. 방법은 단순했다. 아첨을 할 거면 나한테 아첨하는 편이 훗날까지 이득이라고 느끼게 하면 그만이었다. 병원의 앞날을 위해, 무엇보다도 니토베의 앞날을 위해 의지해야 할 사람은 나라고 생각하게 만들어야 한다. 그러기 위해서는 구체적으로 어떻게 해야 좋을지 고민하던 참에 해답이 난데없이 저절로 굴러들어온 셈이다.

말하자면 나는 원장이 될 운명을 타고난 인간인 모양이다.

"마사카즈 선생도 정말로 그, 성장했어, 아니 성장했어요. 원장님은 아직 미숙하다고 곧잘 말씀하셨지만 정말 감탄했어요. 마치 젊을 때의 원장님을 보는 것 같더라니까요."

니토베는 아직도 후쿠하라를 대하는 말투가 왔다 갔다 했다. 줄곧 원장 곁에 있던 그의 입장에서는 심정이 복잡할 것이다.

"앞으로 원장 일은 어떻게 할까요?"

후쿠하라가 물었다. 일부러 니토베가 말하게 하고 싶었다.

"글쎄요, 원장님 병세에 달려 있지요. 그래도 혈관성 치매니 이제는 그 뭐냐, 후계자를 분명히 결정해야 할 거예요. 원장님은 그런 준비는 하지 않으셨죠. 유언장 같은 것도 없을 거예요."

"그러면 부장회의와 같은 형식으로요?"

"그렇군요. 그렇게 될 거예요. 다만 경영을 할 수 있는 인재가 필요하니 적임자를 그렇게 금방 찾기는 힘들지도 몰라요. 그럴 경우에는 외부에서 불러오는 방법도 생각해 봐야죠."

"갑자기 외부에서 사람을 데려온들 병원이 잘 돌아갈까요?"

"그렇죠, 그게 좀 걱정이긴 해요. 시치주지는 좋든 나쁘든, 부장들이 하나같이 개성이 강하니까요. 킨이치로 원장님 정도나 되니까 어떻게든 꾸려 온 거예요."

니토베가 후쿠하라를 흘깃 보았다. 후쿠하라는 앉아 있고 니토베는 서 있는데도 유독 니토베가 작아 보인다. 그는 명백히 눈치를 살피고 있다. 후쿠하라는 여유롭게 기다렸다.

"내 생각에는 마사카즈 선생이 입후보하는 게 가장 원만하게 수습되지 않을까 싶네요."

됐다.

"그건 상관이 없지만 이렇게 젊은 제가 나서도 괜찮을까요?"

무슨 말을, 하고 니토베가 고개를 저었다. 원래 그런 체질인지도 모르지만 그의 얼굴에서 필요 이상으로 땀이 흘렀다.

"병원 안에서도 밖에서도 이미지는 좋을 거예요. 보좌를 붙이든, 아니면 내가 거들든 하면 되니까 맡아 주면 좋죠. 아니면 달리 할 수 있는 사람이 떠오르지도 않네요."

이상적이다.

후쿠하라는 무심코 히죽거릴 뻔했지만 간신히 참았다.

"그런가요? 하지만 요즘 들어 아버지가 그걸 바라지 않는 것 같은 기분이 들어서요."

회의에서는 발언권을 주지 않고 일도 시키지 않았다.

"그건 우리도 당황스럽던 참이었어요. 원장님이 왜 그러시나 싶었죠. 마사카즈 선생이 제멋대로 군 게 어제오늘 일도 아닌데. 아이고, 말실수를 했네요."

손으로 입을 막는 니토베에게 계속하시라고 후쿠하라가 재촉했다.

"그럼요, 왜 그렇게 엄하게 대하시나 싶었다니까요. 자식 버릇을 고치지 위해서라고 해도 좀 너무하셨어요. 생각해보면 그때부터 이미 치매 증상이 나타난 건지도 모르죠. 판단력 저하라는 형태로 말이에요."

후쿠하라는 그렇게 생각하지 않았다. 아버지라면 명분만 있으면 그 정도 일은 눈썹 하나 까딱 않고 해치울 사람이다.

"아, 맞아요. 돌이켜보면 원장님은 요즘 좀 이상하셨어요. 자꾸 뭘 깜빡깜빡하고. 그렇지, 아침에 늦잠을 주무시기도 했어요. 다른 사람도 아닌 원장님이 늦잠을 주무시다니 믿을 수 있겠어요? 내가 몇 번이나 깨우러 가야 했다니까요. 틀림없이 무리하셨던 거예요. 그러다 이번에 단숨에 터진 거죠……."

"알겠습니다."

후쿠하라는 조용히 일어서서 격식을 차리며 말했다.

"과분할지도 모르지만 보람 있는 일입니다. 열심히 할 테니 부디 아버지 때와 마찬가지로 힘을 빌려 주십시오, 니토베 선생님."

"아, 아니, 뭘요."

후쿠하라가 내민 손을 보고 니토베는 홀쭉한 몸을 기묘하게 비틀었다.

"나야말로 잘 부탁해요. 갑작스럽게 큰일이 터졌지만 함께 이거 내 봅시다."

서로 머리를 숙이고 악수를 했다. 니토베의 손은 작고 땀으로 축축했다.

이제 내 차지다.

후쿠하라는 붙잡은 것을 확인하듯이 상대의 손을 꽉 잡았다.

"허, 오랜만에 나타났네."

후쿠하라는 바의 문을 열자마자 신음했다. 마티니를 앞에 두고 카운터 자리에 앉아 있는 진구지를 발견한 것이다.

"무슨 말이 그래요? 내가 여기 있는 게 어때서요? 예전엔 곧잘 여기서 만나기로 약속했었잖아요."

후쿠하라가 자기 자리라고 정한 자리 옆을 차지하고 있는 점에서 이건 만날 약속이라기보다 거의 잠복이 아닌가.

"네가 있으면 여자를 꼬실 수가 없잖아."

"이런 소릴 하는데 이 사람, 출입금지시켜야 하지 않을까요?"

초로의 마스터는 아무런 대답도 하지 않았다. 하지만 무시하지도 않았고 유리잔을 닦으며 천천히 두 번, 함축적으로 끄덕여 보였다. 어느 쪽으로도 해석할 수 있는 동작이었다.

"뭐, 어때. 어차피 오늘은 기분이 좋아서 이야기 상대가 있었으면 했으니까."

후쿠하라가 의자에 털썩 앉자 희미하게 카운터가 흔들렸다.

"위스키 더블."

"아버지가 병석에 누우셔서 기분이 좋아요?"

"그럼. 아주 최고야."

속이 시원하다는 모습이었다. 후쿠하라는 나온 호박색 액체를 절반이나 쭉 들이켰다. 목을 타고 내려가는 자극 덩어리를 눈을 감고 느꼈다.

"누가 증류주를 그렇게 마셔요?"

"내 술이야. 내 마음대로 마실 거야."

술잔을 놓았을 때 후쿠하라의 휴대폰이 빛났다. 메시지가 도착했고, 보낸 사람 이름으로 니토베라는 글자가 보였다. 후쿠하라는 바로 집어 들어 내용을 확인하더니 기분 좋게 수첩을 펼쳐 일정을 적어 넣었다.

"누구랑 데이트해요?"

"설마. 아버지 뒤처리야. 정치가를 만날 거야."

"정치가?"

"의원이야. 아버지는 그 자식이랑 회식을 하던 중에 뇌졸중으로 쓰러졌거든. 대신 사죄를 드리러 가는 거지."

"후쿠하라 선생님, 생기가 넘치네요?"

"아주 충만하거든. 마스터, 한 잔 더."

텅 빈 술잔을 내밀고 안주로 육포를 집어 입으로 가져갔다. 리드미컬한 동작이었다. 진구지는 억센 턱이 곧바로 고기를 찢어발겨 위로 보내는 것을 지켜보았다.

"왜 키리코 선생님과 나한테 아버지를 맡기셨어요?"

"알잖아. 아버지는 병원 안에서 너무나 특별한 존재야. 직원들은 하나같이 위축되고 말지. 일하기 어려워. 그러니 병원과는 관련이 없고 그러면서 내부 사정도 좀 아는 사람이 적임자야."

진구지는 고개를 끄덕이고 입꼬리를 끌어올려 웃었다.

"역시 앞뒤가 딱 맞네요. 겉으로 보기에는요."

후쿠하라는 대답하지 않았다. 잠시 서로를 바라보았다.

"복수하는 거죠?"

"하!"

후쿠하라는 코웃음을 치고 육포를 콰득 씹었다. 반응을 빠짐없이 확인하며 진구지가 말을 이었다.

"후쿠하라 선생님이 보기에 키리코 선생님의 치료 방침은 절대 인정할 수 없는 최악의 방침이었을 거예요. 아버지한테 그런 치료를 받게 한다는 건, 다시 말해 아버지를 괴롭혀서……."

"이봐, 함부로 말하지 마. 나도 의사야. 환자를 구하는 게 최우선이라고. 그 환자가 아무리 괴물 같은 아버지라고 해도 말이야."

진구지가 보는 한 후쿠하라는 동요하지 않았다.

"나는 단지 알고 싶을 뿐이야. 아무튼 나는 아직 배워 가는 풋내기니까 가르쳐 줬으면 해."

후쿠하라는 술이 셌지만 빠른 속도로 들이켠 위스키가 몰아댄 것일까. 평소보다 훨씬 말이 많았다.

"어떤 환자라도 그 환자의 뜻을 존중함으로써 구할 수 있다고 하는 의사가 있어. 그 녀석이 보여 줬으면 하는 거야. 치매 환자, 정신이 몽롱하고 흐릿해진 환자를 어떻게 구할 건지 말이야."

진구지는 순간 지금도 병실에서 킨이치로와 마주하고 있는 키리코의 모습을 떠올렸다.

"그뿐만이 아니야. 자기 가족에게조차 애정을 주지 않았던 남자가 있어. 그런 남자가 어떤 얼굴로 마지막에 가족에게 어떤 대우를 요구하는지, 그리고 무슨 생각을 하며 눈을 감는지, 얼마나 비참하고 불쌍한지 내 눈으로 확인하려는 거야. 후학을 위해서."

후쿠하라는 매우 우습다는 듯이 큰 소리로 웃었다. 일종의 승리의 함성이었다.

"성격이 고약하네요. 남들이 그 속내를 간파하지 못할 줄 알아요?"

"간파해? 난 아무것도 숨기지 않았어. 오히려 직원들이 내 뜻을 똑바로 헤아려 주길 바라. 그래야 혼란이 생기지 않으니까."

의아해하는 진구지에게 후쿠하라가 코끝을 바짝 들이댔다.

"내가 차기 원장이라고. 그런 내가 지금의 원장은 가망이 없다고 단념하고 있다고."

후쿠하라는 또 웃었다.

술 냄새가 섞인 숨결이 덮쳐 왔다. 진구지는 얼굴을 찡그렸지만 이윽고 후쿠하라의 얼굴을 똑바로 마주 보았다. 눈빛이 가라앉아 있었다. 전에 없이 취한 것 같았다. 명백히 평소 상태가 아니었다.

지금이라면 들을 수 있을지도 모른다. 진구지는 작정을 하고 파고들었다.

"……이유가 뭐예요?"

"뭐?"

"후쿠하라 선생님은 왜 그렇게까지 아버지를 싫어하세요?"

"난 싫어하지 않았어. 먼저 싫어한 건 그 인간이야."

후쿠하라가 술을 한 잔 더 주문하자 그때까지 잠자코 응하던 마스터가 흘깃 시선을 보내 왔다. 하지만 바로 위스키를 따랐다. 둥근 얼음이 유리잔 안에서 가볍게 돌았다.

"아니, 그게 아니지. 그 인간한테는 처음부터 애정이라곤 없었어. 나한테도, 어머니한테도 말이야."

"어떻게 그런 말을 할 수 있어요? 애정도 없는 아들을 자기 병원으로 받아들일까요?"

"그건 애정이 아니야. 그냥 이용하는 거지. 자기가 메스를 쥐지 못하게 됐으니 대신 내 손을 쓰는 것뿐이야."

"아버지 덕에 부원장이 된 후쿠하라 선생님도 이용하는 건 마찬가지 아닌가요?"

"그러면 안 되나? 우리는 이용할 수 있는 점은 이용하고 안 되는 점은 서로 상관하지 않아. 그런 부자 관계라고."

"후쿠하라 선생님 혼자 그렇게 생각하는 건 아니고요?"

"그럴 리가 있나. 이쪽이 그렇게 생각한다는 건 상대도 그렇다는 뜻이야."

혀가 잘 움직이지 않았다. 이렇게나 빨리, 이렇게나 만취한 후쿠하라는 처음 보았다.

"그렇다면 설명해 봐. 그 인간이 왜 찢었겠어? 증오야. 미워하니까 찢어서 쓰레기통에 버린 거라고. 안 그래? 그 인간은 옛날부터 줄곧 그랬어."

"찢어요? 뭘 찢어요?"

"그림이지 뭐긴 뭐야! 날 좀 내버려 둬."

후쿠하라는 고개를 홱 돌리더니 불안정하게 흔들리며 카운터에 털썩 엎드렸다. 눈을 감고 잠시 입을 다물고 있나 싶었는데 갑자기 드르렁드르렁 코를 골기 시작했다.

"어떻게 된 거예요? 나 참. 선생님답지 않네요."

진구지는 후쿠하라의 커다란 등을 문질러 주었다.

마스터가 물이 든 유리잔을 조용히 내밀고 나직하게 말했다.

"요 며칠 동안 거의 잠을 안 잔 모양이야."

후우, 하고 진구지는 한숨을 내쉬었다.

"의욕이 넘치네요."

드디어 원장이 될 기회가 찾아왔기 때문일까.

진구지는 잠든 후쿠하라의 얼굴을 바라보며 생각했다.

많이 닮았다. 눈썹과 눈매는 킨이치로 원장을 쏙 빼닮았다. 어디로 보나 피가 이어진 부자가 틀림없다고 느꼈다.

여전히 고집이 세고 지존심이 높고 터프한 남자다. 그렇게 생각하다가도 문득 연약한 부분도 얼핏 보인다. 그의 아버지도 옛날에는 이랬을까. 그가 늙으면 킨이치로처럼 되는 걸까.

"나도 기대하고 있어요."

진구지는 작은 목소리로 속삭였다.

당신이 어떤 원장이 될지.

키리코 선생님이 원장님을 어떻게 구할지. 그때 당신이 어떤 표정을 지을지.

"가정은 필요 없어요."

나는 딱 잘라 말했다.

"그게 또 그렇지가 않아, 킨. 이런 건 형식이 중요하거든."

나에게 그런 말을 하는 사람은 누구일까. 기묘하게도 대화를 하며 나는 이 상황은 뭔가 하고 높은 곳에서 내려다보고 있었다.

"형식……이요?"

"그래. 나도 집에 가봐야 발붙일 곳도 없고 마누라는 돼지처럼 뒤룩뒤룩 살찐 아줌마라고. 가정이 필요하냐 아니냐로 따지면 사실 딱히 필요는 없어. 하지만 나이가 찬 남자가 혼자 살면 이상하잖아. 안 그래?"

이것은 꿈이다. 나는 그렇게 결론을 내렸다가 곧바로 부정했다. 아니, 꿈이 아니다. 그러니까, 이것은 추억이다. 예전에 있었던 일을 떠올리고 있는 것이다. 그렇게 이해했을 때 갑자기 시야가 넓어졌다.

"세간의 눈도 신경을 써야지. 사회인으로서 자각을 가지란 거야. 그런 의사한테 환자가 진료를 받고 싶어 하겠어? 의사로서 출세하려면 모양새를 갖춰야지. 너는 출세하고 싶잖아? 윗사람들은 의외로 그런 점을 중요하게 생각한다고."

이곳은 시치주지 병원 휴게실이다. 내 앞에서 담배를 피우고 있는 사람은 선배인 토쿠시마였다. 벽은 담뱃진으로 누렜다. 토쿠시마는 두툼한 유리 재떨이에 재를 톡톡 털고 커다란 코로 연기를 내뿜으며 씩 웃었다.

"그야 출세는 하고 싶죠."

"기특하기도 하지. 나는 여기서 더 위로 올라가고 싶지 않은데. 책임만 늘고 좋은 일이라곤 없잖아. 나는 가끔 새 골프 클럽을 살 수 있는 수입만 있으면 충분하거든."

토쿠시마는 일어서서 스윙 흉내를 냈다.

"킨, 골프는 안 쳐?"

"아직은요……."

"담배도 안 피워, 술도 안 마셔. 도박도 볼링도, 골프도 노래방도 쳐다보지도 않고. 여자도 없고 결혼할 생각도 없다니. 살아 있는 게 재미있긴 해?"

나는 고개를 갸웃거렸다. 오히려 토쿠시마가 왜 그런 오락에 시간을 허비하는지 잘 이해되지 않았다.

"후우, 뭐 어때. 내가 오리베 선생한테 부탁해 둘게."

"뭘 부탁해요?"

"맞선이지 뭐겠냐. 얘가 아무것도 모르네. 내과의 오리베 하면 바로 항생제를 처방하는 거랑 오지랖 넓기로 유명하다고. 그 사람한테 중매를 부탁하면 나중에 두고두고 편해."

"하지만 저는 딱히 가정을 꾸릴 생각이 없는데요."

"그래도 결혼은 해 놔. 너 같은 녀석은 꼭 결혼을 해야 돼. 선배가 하는 말씀은 새겨들어."

"네……."

토쿠시마는 다시 스윙을 하기 시작했다. 확실히 출세하려면 그런 것이 필요할지도 모른다고 생각했다. 토쿠시마가 하는 말이니 따르도록 하자. 딱히 일부러 거스를 이유도 없었다.

"잘 부탁드립니다."

나는 가볍게 머리를 숙였다. 토쿠시마는 "그래, 맞선 날짜가 잡히면 연락할게" 하고 말할 터였다.

하지만 눈앞의 남자는 놀란 표정으로 나를 들여다보고 있을 뿐이었다. 골프 스윙도 하지 않았고 의자에 앉아 있었다.

어라.

어떻게 된 거지. 시간이 좀 날아가지 않았나. 무심코 생각에 골몰했던 것일까.

"킨이치로 씨."

노트와 펜을 손에 든 피부가 흰 남자가 온화한 목소리로 내 이름을 불렀다.

"한 번 더 여쭐게요. 가족에 대해 말씀해 주세요."

"그러니까 가족은 필요 없다니까요."

나는 되풀이하면서 스스로도 무언가 맞아 들어가지 않는 것을 느끼고 입을 다물었다. 어쩐지 분위기가 묘했다. 그러다 문득 깨달았다.

내게는 가족이 있다. 아들이 있고 아내가 있다. 아니, 아내는 이미 오래전에 세상을 떴지만. 필요하다거나 그렇지 않다거나 하는 이야기는 아닐 터였다. 이 키리코라는 신입 의사의 문진을 받고 있었을 터였는데 어째서 나는 전혀 다른 일을 생각하고 있었을까. 정신이 산만했던 것도 아니었다.

"그럼 다음 질문으로 넘어갈게요."

하지만 내가 바로잡기도 전에 이야기가 다음으로 넘어가고 말았다. 상대가 빠른 것이 아니다. 내가 느린 것이다. 사고의 순발력이나, 전하려는 개념을 말로 표현하는 능력 같은 것들이 눈에 띄게 사라지고 있었다. 그것을 말하기도 귀찮아서 나는 결국 잠자코 고개를 끄덕였다.

"지금부터 제가 말하는 세 단어를 기억해 두세요. 나중에 한 번 더 물어보고 확인할 거예요. 아시겠죠?"

"네."

잃은 점수를 메꿔야 한다.

"그럼 잘 들으세요. '자동차', '호랑이', 그리고 '비'예요."

나는 끄덕끄덕하고 따라 했다.

"자동차, 호랑이, 비."

자동차, 호랑이, 비.

자동차는 먼지를 휘날리며 달리는 것. 호랑이는 노랗고 낮은 소리로 으르렁대는 것.


그리고 비.

비 오는 날은 짜증스러워서 싫다. 질척질척하고 축축하다.

지붕 위에서도, 정원의 초목에서도 끊임없이 소리가 들린다. 빗방울이 아득한 하늘에서 내리쏟아진다. 하나하나는 미립자보다 작은데 서로 겹쳐지며 대지가 통곡하는 소리를 만들어낸다. 잎사귀가 조심스럽게 춤추고 아스팔트가 작게 깨진다. 물은 사방에 끈적끈적하게 들러붙어 떨어지지 않는다. 우산도 구두도 가방도 모두 오염된다. 하늘은 어둑하고 거리는 잿빛이다.

"날씨가 이래서 좀 아쉽네요."

고급 요정이었다. 족자 앞에 꽃꽂이해둔 꽃을 바라보며 잠자코 있자 맞은편에 앉은 사람들 중 하나가 말을 걸었다.

"후쿠하라 씨는 비를 좋아해요? 아니면 싫어해요?"

"싫어하는 편이에요."

바로 대답했다. 내과의 오리베 선생님이 흰머리가 섞인 머리를 긁적이며 마치 자신의 환자를 대하듯 부드럽게 말했다.

"하하하, 그래요? 난 실내에 있는 걸 좋아해서 그런가 비 오는 날은 책 읽기 좋던데."

"책은 비가 오든 날씨가 맑든 읽을 수 있잖아요. 그렇다면 저는 선택지가 많은 맑은 날이 좋아요."

자리를 만들어 준 오리베 선생님의 체면을 깎을 수는 없지만 어째서인지 입에서 나오는 말에는 뾰족한 가시가 돋아 있었다. 내가 왜 여기에 있는지 이해가 잘 안 되기 때문일까. 조금 주의해야겠다.

"비 때문에 선택지가 줄어들 것 같진 않은데요."

분명한 대답이 돌아오는 바람에 놀랐다. 옆에 있는 오리베 선생님이 아니었다. 눈앞에 앉아 있는 맞선 상대였다.

"비 오는 날 책을 읽는 건 비 오는 날에만 할 수 있잖아요. 뭘 모르시네요. 맑은 날의 독서는 비 오는 날의 독서랑은 달라요. 난 비 오는 거 좋아해요."

타카나시 씨 댁 장녀는 우아한 옷자락을 살랑이며 몸을 내밀고 말했다.

"얘, 에리, 말투가 그게 뭐니."

옆에서 어머니가 주의를 주었다. 에리는 어깨를 으쓱했다. 나는 딱히 개의치 않는다고 말하려고 했을 때였다.

"타카나시 씨, 뭐 어때요. 분위기가 딱딱해져 봐야 좋을 거 없잖아요. 조금 이르지만 둘만 있게 해 줄까요?"

"아, 그럴까요?"

"그럼 후쿠하라, 우리는 옆에 있을게. 한 시간 정노년 놀아올 테니까 얘기를 나누든 산책을 하든 마음대로 해."

"어머나, 오리베 씨, 밖에 비 오잖아요."

"아차, 그렇지. 이거 정말로 선택의 폭이 줄어들고 말았네요."

오리베와 타카나시는 서로 웃으며 장지문을 열고 나갔다. 다다미방에는 나와 에리, 그리고 녹차가 든 잔만 남았다. 분위기가 어색했다. 상대가 불편해하는 기색이 전해졌다.

무슨 말이라도 해야 한다. 긴장할 필요는 없다. 젊은 여자 환자를 대할 때와 똑같이 하면 된다. 나는 아무렇지 않은 척하며 물었다.

"비를 왜 좋아해요?"

에리가 얼굴을 들었다.

"이유는 이것저것 만들 수 있지만, 글쎄."

미간을 찡그리고 신음하다 눈을 번쩍 뜨더니 이번에는 아름답게 립스틱을 바른 입을 열었다. 표정이 휙휙 바뀌는 사람이다.

"이어져 있다고 느끼니까. 그래서 아름다워."

"무슨 뜻이죠?"

"비는 하늘에서 내리지만 그걸로 끝이 아니잖아."

에리는 자세를 고쳐 앉고 등 뒤에 있는 장지를 열었다. 창문 너머로 비가 억수같이 쏟아지는 정원이 보였다. 흙냄새가 여기까지 감도는 것 같았다. 달팽이는 틀림없이 기뻐하고 있을 것이다.

"지면에 떨어진 물은 땅속을 헤엄쳐 지하수가 되어 동굴로 가. 그리고 강이 돼 흘러서 바다로 들어가지. 물고기와 하나가 되어 파도치고. 공중으로 증발해 새를 앞지르고…… 중간에 무지개를 만들지도 모르지……. 그리고 하늘 높이 올라가 구름이 돼. 생각해봐, 맑은 날의 뭉게구름은 비 오는 날의 일부야. 그렇게 모두가 하나로 이어져 커다란 원을 그리며 되풀이해. 이 모든 현상이 '비'라고 할 수 있잖아? 혹은 거대한 순환의 일부를 잘라서 비라고 부르기도 하고. 그런 게 멋있어."

나는 한숨을 내쉬었다.

"에리 씨는 시인이군요."

비는 비다. 그 이상의 배경은 내 생활에 필요 없다고 생각했다.

"꼭 그렇지도 않아. 기왕이면 싫어하기보다 어떡하면 좋아할 수 있을지를 궁리하는 쪽이 더 즐겁잖아."

아까까지는 어머니 앞이라 그래도 조신하게 삼가고 있었나 보다. 에리는 다리를 편하게 풀고 테이블에 팔꿈치를 괴고 대담하게 차를 홀짝였다.

"어떡하면 좋아할 수 있는지를요?"

무얼 어떻게 하든 내가 비를 좋아하게 되는 일은 평생 없을 것 같은 기분이 들었다.

"그보다 킨이치로 씨는 왜 그렇게 비를 싫어해?"

"글쎄요. 안 좋은 일이 비 오는 날에만 일어나기 때문인지도 모르죠."

"안 좋은 일이라니, 예를 들면?"

"그냥 안 좋은 일들이요."

아버지가 다른 여자한테 빠져 우리를 버리고 자취를 감춘 날도 비 오는 날이었다.

나를 위해 쉬지 않고 일만 하던 어머니가 뇌졸중으로 쓰러진 날도 비 오는 날이었다.

에리는 이상하다는 듯이 웃었다. 립스틱이 차에 젖어 조금 옅어져 있었다.

"그럼 오늘 우리가 만난 것도 안 좋은 일인가 봐?"

이야기가 이상한 방향으로 흐르는 듯했지만 나는 순순히 끄덕였다.

"논리적으로는 그렇게 되겠군요."

"재밌다."

"네?"

"어떡하면 오늘을 즐길 수 있을지 생각해 보고 싶어졌어. 킨이치로 씨도 같이 생각해 보자."

그런데 어째서인지 에리가 눈빛을 반짝이기 시작했다. 만났던 처음보다도 훨씬 생기가 넘쳤다.

"무슨 뜻이에요?"

"그럼, 평소에는 절대로 하지 않을 일을 해 보자. 그런 데에 의외로 재미있는 일이 잠들어 있거든. 얼른."

에리는 자리에서 일어서 창문 너머를 보았다.

무얼 하려나 싶어 보고 있는데 갑자기 창문을 열었다. 다다미 방에 요란한 소리가 쏟아져 들어왔다. 빗소리, 천둥소리, 그에 따른 온갖 잡다한 소리. 습도가 높고 진흙 냄새를 진하게 머금은 바람이 흘러 들어왔다. 비는 폭풍우로 변해 가고 있었다. 에리의 흰 원피스에 진흙이 튀어 점 같은 얼룩을 남겼다.

"정원으로 나가서 산책할래?"

에리가 내게 손을 내밀었다.

무슨 말을 하는 걸까.

툇마루에는 종이우산이 놓여 있었지만 이 비를 다 막아낼 수 있는 물건은 아니었다.

"더러워지기만 할 텐데 뭐가 좋다고 이런 날 밖에 나가요?"

나는 새로 마련한 양복과 에리의 얼굴을 번갈아 보았다.

"뭐가 더 좋을지 모르니까 나가서 확인해보자."

에리의 표정은 어디까지나 진지했다.

바보 같은 짓이라는 생각밖에 안 들었지만 의욕이 철철 넘치는 에리를 어떻게 막아야 좋을지 몰랐다.

"선택의 폭을 좁히고 넓히는 건 다 자기 하기 나름이야."

나는 한숨을 내쉬었다. 이 사람은 자기 말에 따를 때까지 포기하지 않을 것이다. 비 오는 날에는 변변한 일이 일어나지 않는다. 차라리 사고를 당한 셈 치고 빨리 끝내는 것이 낫다.

에리의 손을 잡았다. 혼기가 찬 여성과 손을 잡는 것은 처음이었다. 상상했던 것보다 훨씬 따뜻해 놀랐다.

에리는 나를 이끌며 어린애처럼 웃었다. 그리고 우리 두 사람은 비가 쏟아지는 정원으로 뛰쳐나갔다.


"킨이치로 씨, 킨이치로 씨."

목소리를 들었을 때 모든 것이 거짓말처럼 사라졌다. 빗소리와 살갖을 따라 흐르는 차가운 물의 감촉, 옷을 쓸고 지나가는 바람, 젖은 공기까지 모든 것이 소멸했다.

"괜찮으세요? 오늘은 몇 년 몇 월 며칠이죠?"

"그건……."

나는 네모난 방 안에 있고 눈앞에서는 흰 가운을 걸친 창백한 남자가 나를 보고 있었다. 무슨 일이 일어났는지 이해가 되지 않았다.

그래도 필사적으로 질문에 대답하려고 애썼다. 지금이 언제지? 수첩에 적었던 글자가 떠올랐다. 그렇다. 맞선을 보는 날은 1982년 9월 18일 토요일이다. 하지만 그렇지 않다는 것을 금방 깨달았다. 창밖에는 비가 내리고 있지 않았다. 오늘은 그날이 아니다.

어긋나 있다. 왜지? 수첩에 메모한 글씨도, 펜과 종이가 스치는 소리도 똑똑히 기억하고 있는데 어째서 자꾸 뒤틀리는 걸까. 그래도 나는 밑져야 본전으로 말해 보았다.

"1982년 9월……은 아니군요?"

키리코 의사가 끄덕였다. 정답이라고도 오답이라고도 말하지 않았지만 틀렸다는 점은 느꼈다. 나는 머리를 숙였다. 어째서인지 요즘은 되는 일이 하나도 없다.

몹시 피곤했다. 피곤한 탓에 단순한 질문에도 대답을 못하는 것이다. 이렇게 피곤한 적은 처음이었다.

"그럼 다음 질문을 할게요."

"아직도 남아 있어요?"

나는 한숨을 깊게 쉬었다. 마치 질문이 태곳적부터 이어지고 있는 기분이었다.

"아까 제가 단어를 기억하고 계시라고 했었는데, 그 단어를 전부 말씀해 보시겠어요?"

"단어를 기억하라고요?"

"네. 단어는 세 개예요."

"농담하지 마세요. 대체 무슨 단어요?"

나는 진지하게 확인하고 싶었지만 키리코 의사는 음, 하고 고개를 가볍게 끄덕이고 무언가 메모만 할 뿐이었다.

왜 이렇게 된 걸까.

한심하다. 지독히 쓸쓸한 기분이 들었다. 이마에서 땀이 배어나왔다.

소파 위에서 눈을 뜨자 위에는 아무것도 입고 있지 않았다. 목에 걸려 있는 수건을 집어 던졌다. 좋아하는 축구 팀 로고가 허공을 날았다.

어쩐지 덧없는 이른 아침 햇살이 커튼 틈 사이로 비쳐 들었다. 5시 전쯤일까.

후쿠하라는 오른쪽 옆구리께를 긁으며 일어났다. 어제 바에서 집으로 돌아온 기억이 없었다. 필름이 끊기도록 술을 마시는 습관은 없는데 오랜만에 너무 많이 마셨다. 아무래도 빈속에 독한 술을 단숨에 너무 많이 들이켰다.

바지는 입고 있었지만 벨트는 없었다. 어디에 던져놨나 하고 실내를 둘러보다 눈이 휘둥그레졌다.

침대에서 진구지 치카가 자고 있었다. 화장은 지웠지만 그래도 감은 눈 가장자리를 따라 기다란 속눈썹이 아름답게 자라 있었다. 고양잇과 동물처럼 몸을 동그랗게 말고 훤히 드러난 어깨를 여름 이불 밖으로 내놓고 새근새근 숨소리를 내고 있었다.

순간 사귀던 시절로 시간이 되돌아갔나 하는 착각이 들었다. 아니, 그럴 리가 없다. 시간은 항상 현재만 존재한다.

조심조심 일어나 침대로 조금씩 다가갔다. 설마 했나. 아니, 독신이니 딱히 거리낄 점은 없지만. 진구지에게는 이미 연애 감정이 사라진 지 오래였으므로 믿기지가 않았다.

이불을 들춰 보았다. 으응, 하고 진구지가 부드럽게 신음했다.

"다행이다."

안도의 한숨이 나왔다. 진구지는 전라가 아니었고 단지 윗옷만 벗었을 뿐이었다. 캐미솔의 어깨끈이 한쪽 쇄골 위에 걸려 있었다.

"뭐야, 아침이구나."

진구지가 나른하게 기지개를 켰다. 손질된 겨드랑이 옆에서 목빗근이 늘어났다가 줄어들었다. 후쿠하라는 가운을 집어 걸쳐 주었다. 배려라기보다는 그 이상 보고 싶지 않았기 때문이다.

"왜 여기 있어? 얼른 돌아가."

"어머나, 말도 참 차갑게 하네. 어제 엉망으로 취한 당신을 여기까지 데려온 사람이 누구라고 생각해?"

진구지는 크게 하품을 했다. 짜증스러울 정도로 예전과 똑같은 동작이었다.

"멋대로 셔츠를 벗겼잖아."

"누구 씨가 물을 마시려다가 왕창 쏟았거든."

진구지를 노려보았다. 문 너머의 주방을 보자 빗자루가 냉장고에 기대 세워져 있었다. 쓰레받기에는 깨진 유리조각이 담겨 있었다. 장식으로 미루어 보건대 좋아하던 베네치안 글라스의 처참한 말로인 듯했다.

후쿠하라는 머리를 숙였다.

"알았어. 미안해. 신세를 졌어."

"나 배고파."

빚을 갚지 않을 수는 없다.

"핫 샌드위치면 되겠어?"

"아주 좋지."

후쿠하라는 주방으로 가 손을 씻고 가까운 선반과 냉장고에서 재빠르게 빵과 채소, 햄 몇 장, 치즈를 꺼냈다. 도마 위에서 자르고 얹고 겹쳐서 핫 샌드위치 메이커에 넣고 스위치를 켰다. 물을 드립 주전자에 따라 끓이는 한편 깨진 유리잔을 봉투에 넣고 간단히 바닥을 닦아 청소했다.

"와, 익숙하구나. 혼자 사는 남자 같지 않네."

"집안일은 옛날부터 했으니까."

"집안일을 좋아해?"

"설마. 필요하니까 하는 거지."

셔츠도 가볍게 애벌빨래를 해서 세탁기에 던져 넣었다. 일일이 귀찮다. 하지만 집안일이란 이런 것들을 하나하나 처리해나가지 않으면 순식간에 일이 산처럼 쌓인다는 것을 후쿠하라는 알고 있다.

"전에 어머니가 돌아가신 뒤의 얘기해 준 적 있잖아."

핫 샌드위치 메이커에서 들리는 전열선 진동음을 신호 삼아 진구지가 입을 열었다.

"그랬나? 생각 안 나."

후쿠하라는 컵을 두 개 꺼내 나란히 놓고 드리퍼에 필터를 끼우고 주방에서도 상당히 앞쪽에 놓여 있는 은색 캔을 열었다. 고산지대 삼림이 떠오르는 향긋한 커피의 숨결이 피어올랐다. 후쿠하라가 좋아하는 순간 중 하나였다.

"아버지랑 잘 지내지 못했다고 그랬지."

조용해야 하는 순간이 진구지의 질문으로 엉망이 되었다.

"시끄러워. 내 탓이 아니야."

문득 돌아보자 진구지는 침대 옆의 서랍장을 보고 있었다. 피가 거꾸로 솟구치는 것을 꾹 참았다. 거기에는 후쿠하라의 소중한 것들이 조촐하게 장식되어 있다. 이집트에서 사 온 작은 비취그릇, 그리스에서 주운 아름다운 소라고둥, 그리고 액자.

보지 말라고 소리치고 싶었지만 이미 늦었다.

"그럼 아버지 탓으로 돌리는 거야? 이 사진처럼."

후쿠하라를 돌아보는 진구지 옆에 장식되어 있는 사진이 보였다. 어머니와 처음이자 마지막으로 놀이공원에서 찍은 사진이다. 구도가 부자연스러운 이유는 조금만 보면 금방 안다. 셀프타이머를 맞춰 놓고 가족 셋이서 찍었지만 왼쪽에 찍힌 아버지가 나온 부분만 뒤로 접어 후쿠하라와 어머니만 보이는 사진으로 만들었기 때문이다.

"누가 보더라도 아버지 탓이야."

자신의 한심한 모습을 들켜 화가 났다. 드립 주전자로 물을 따르는 손이 떨렸다. 아무리 해도 치카는 껄끄럽다. 리듬이 엉망이 된다. 다른 여자와는 이런 문답을 하지 않는다, 아니, 처음부터

하게 두지 않는다.

"어째서?"

"그 사람은 병원 원장을 할 기량은 있어도 아버지가 될 기량은 없었어."

"난 원장님과는 기의 이야기한 적이 없으니까 모르겠어. 어떤 점이 그런데?"

짙은 갈색 가루가 뜨거운 물에 젖으며 액체가 서버에 똑똑 떨어졌다. 검은 동심원에 맞춰 희미한 진동이 방 전체에 퍼져가는 기분이 들었다.

"단순히 가족에게 관심이 없어. 뭐랄까, 서로 삐걱삐걱했어. 왜 이 녀석이 내 집에 있는 거야 하는 느낌이었지. 같이 어딜 가지도 않아. 밥도 따로 먹고 대화는 최소한의 업무 연락 같은 거였어. 나랑 아버지는 처음부터 그랬어. 어머니가 돌아가시고 나서 겉으로 드러났을 뿐이지. 가족이라는 감정적인 연결고리는 어머니가 모조리 짊어지고 있었거든."

"하지만 당신을 키워 준 사람은 원장님이잖아."

"보살펴 준 건 외할머니였어. 아버지는 아무것도 안 했어. 돈만 냈지."

"그렇게 쉬운 것처럼 말하지만 돈을 내는 것도 애정이 아닐까?"

"아버지 수입으로 보면 푼돈이야. 뭐, 나도 딱히 고마워하지 않았던 건 아니야. 다만 서로 이용하는 정도밖에 관계성을 찾아내지 못했던 것도 사실이야. 알겠어? 나는 학비를 받고 아버지는 후계자를 손에 넣었어. 아버지가 원장 자리를 꿰찬 것도 나를 잘 이용했기 때문이고."

"그래?"

"전 원장이 은퇴할 때 후보가 둘 있었대. 한 명은 아버지고 다른 하나는 아버지 선배인 토쿠시마라는 사람이었어. 둘 다 실력이 좋고 인망도 그럭저럭 있었어. 골프와 노래방이 취미고 교우 관계도 넓은 토쿠시마에 비해 일만 해 온 아버지가 약간 불리하다는 게 일반적인 평가였지. 하지만 그게 마지막에 뒤집어졌어. 결정타가 된 건 가정이었어."

후쿠하라는 드립 주전자를 내려놓았다. 조금 많이 부었다.

"부인과의 관계가 냉랭하고 간호사를 애인으로 두었던 토쿠시마. 그런 반면, 부인과 일찍 사별하고 홀아비 몸으로 아들을 계속 키워 온 아버지. 어느 쪽이 인상이 좋을지는 뻔하잖아? 그렇게 아버지가 선택됐어. 확실히 표면적으로는 아버지가 참 훌륭한 인간으로 보였을 거야."

후쿠하라는 토쿠시마의 불륜 소문을 흘린 사람이 아버지였을 거라고 중얼거렸다.

"하지만 그걸 이용했다고 할 수 없잖아. 그러기 위해서 어머니를 살해한 것도 아니고 그러려고 당신을 낳은 것도 아니니까. 아니면 모든 게 다 계산속이라고 할 셈이야?"

"설마 거기까진 아니겠지. 하지만 출세하기 위해서는 모든 것을 이용하는 사람이 아버지야. 설령 그것이 어머니의 죽음이라

하더라도. 아버지는 그걸 의무라고까지 생각했어. 이용할 수 있는데 이용하지 않으면 아까울 정도였겠지."

후쿠하라는 커피 서버를 들어 가볍게 흔들었다. 커피는 아마도 쓴맛이 진하게 나왔을 것이다. 오늘은 이것저것 잘 풀리지 않는 날이다.

"결혼을 하고 아이를 낳은 것도 출세하기 위해서야. 가정을 꾸린 어엿한 의사라고 세간에 알리기 위해서. 우리는 서로 편리하니까 가족 형태를 계속 유지해 왔을 뿐이야. 진저리가 나."

핫 샌드위치 메이커에서 경쾌한 벨 소리가 들렸다. 열어 보고 얼굴을 찡그렸다. 평소처럼 구웠는데 겉면이 잔뜩 탔다. 무엇을 잘못했는지 이제는 생각나지도 않았다. 커피 향기도, 상쾌한 아침 공기도, 잘게 찢은 양상추의 싱싱한 느낌도 모든 것이 엉망진창이다.

후쿠하라는 커피 서버에 든 액체를 싱크대에 왈칵 부었다.

검은 커피가 혈흔처럼 튀었다.

"지긋지긋하다고……."

주먹이 멋대로 떨렸다. 진구지의 시선을 등으로 느끼며 후쿠하라는 이를 으드득 갈았다.

"기억장애가 뚜렷해. 전향성 기억상실, 즉 새로운 기억을 머릿속에 저장하지 못하는 거야."

키리코는 머리 뒤로 깍지를 끼고 병실 소파에 깊숙이 앉아 말했다.

"뇌경색의 영향인가요?"

진구지가 옆에서 차트를 들여다보았다. 오늘 아침에는 후쿠하라의 집에서 출근했다는 기색은 조금도 보이지 않았다.

"그렇겠지. 그리고 시각장애가 있어. 잘 걷지 못하거나 침대에서 내려오지 못하는 건 그래서야. 이쪽은 어제보다 증상이 심해졌어."

"혈관성 치매는 단계적으로 진행되니까요. 어느 날 갑자기 무언가를 할 수 없게 되고 어느 날 갑자기 무언가를 알 수 없게 돼요. 그렇게 조금씩 나빠져 가죠."

"마음이 무거워지는 이야기야. 그런데 기억장애에는 조금 흥미로운 경향이 있어. 현재에 대한 인식이 이상해. 장애가 발생했을 때보다 상당히 거슬러 올라가 있는 것 같아."

"어떻게 된 거예요?"

"지금이 1982년이냐고 물었어. 30년도 더 전으로 의식이 넘어갔어. 당시의 일을 여러 가지 들어 봤는데 상당히 구체적으로 기억하고 있어. 존 레논이 총에 맞아 사망했다거나."

"전향성 기억상실의 경우에는 최근의 일은 전혀 몰라도 옛날 일은 문제없이 기억해내는 사례가 적지 않아요."

진구지는 간호사답게 말했다. 실제로 치매에 걸린 사람과 접할 기회가 많은 사람은 의사가 아니라 오히려 간호사나 요양보호사라는 자부심이 있었다.

"성격까지 당시로 돌아가는 사람도 있어요. 이야기해 보면 알아요. 이 사람은 예전에는 겸손했는데 나이를 먹고 높은 자리까지 올라가면서 거만해졌구나, 이 사람은 젊있을 때부터 한결같이 무례한 사람이었구나 하고 알 수 있어요."

"성장 과정이 그대로 드러나는구나."

"좋든 싫든 지금까지 어떻게 살아왔는지가 고스란히 드러나는 느낌이에요. 원래 신사적인 사람이었는지, 아니면 경험과 지혜로 꾸며서 겉으로만 예의바르게 행동했던 건지. 뇌세포가 망가져가면서 사람은 본질적으로 가지고 태어난 것으로 돌아가는 게 아닐까요?"

키리코는 감탄하며 진구지를 보았다.

"치매에 걸리면 대개 몇 살 정도의 자신으로 돌아가?"

"저한테 묻는 것보다 의학서나 최신 논문에 자세한 데이터가 나와 있지 않아요?"

"아니, 그쪽은 기질적인 분석이나 치료 실적들뿐이야. 직접 환자를 보아온 진구지가 실제로 느낀 점을 들어 보고 싶어. 주관적인 거라도 괜찮으니까."

그렇게까지 말한다면, 하고 운을 뗀 진구지가 입을 열었다.

"그 사람의 정신이 성숙한 시기로 돌아간다는 인상을 받았어요. 가장 기운찼던 시절. 가장 정력적으로 일했던 시절. 온갖 굴

레에 얽매이지 않고 자신답게 살았던 때. 쇠퇴하기 직전, 인생에서 가장 빛나던 시절로……."

진구지는 머릿속으로 정리하며 말을 이었다.

"대체로 30대 정도로 돌아가는 것 같았어요. 물론 유아와 비슷한 수준으로 돌아가는 사람도 있으니 경우에 따라 다르지만요."

"그렇구나. 킨이치로 씨는 지금 황금기를 살고 있는 걸까? 1982년이니까 후쿠하라가 태어나기 전이야. 하지만 어제는 후쿠하라가 자기 아들인 걸 알고 있었어. 이건 킨이치로 씨 안에서 어떻게 되어 있는 걸까?"

진구지는 조금 생각한 다음 대답했다.

"본인도 혼란스러운 거예요. 과거의 자신과 현재의 자신이 똑바로 통합되지 않은 채로 뒤바뀌고 있으니까요. 시간 여행자처럼 하나부터 열까지 어리둥절하고 당황스러운 게 아닐까요? 기억은 하는데 뭔지는 모르는 거예요. 혹은 아들이 눈앞에 있는데 자기는 아직 결혼조차 하지 않은 것 같은 기분이 들죠. 그런 일들의 연속이에요."

"정말로 그렇다면 지독하게 불안하고 무섭겠지."

키리코는 턱에 손을 대고 끄덕였다.

"하지만 전향성 기억상실이 나타난 거잖아요? 그렇다면 당혹스러운 감정과 기억도 나중까지 안 남아요."

"그렇게 되는군."

"그러니까 매번 혼란스러운 거고요. 그리고 완전히 잊어버리고 또 혼란에 빠지죠. 그게 되풀이되는 거예요. 비극이라고 해야 할지 잊어버리는 만큼 행복하다고 해야 할지 모르겠지만요."

물이 내려가는 소리가 들렸다.

"아, 나온다, 진구지."

"네, 알겠습니다."

두 사람은 일어서서 한쪽 구석으로 향했다. 벽을 긁는 소리가 몇 번 난 다음 문이 천천히 열렸다. 킨이치로가 망연자실한 얼굴로 변기 위에 다리를 벌리고 서 있었다.

물은 내릴 수 있었다. 바지를 원래대로 추스르는 것도 시간은 걸리지만 어떻게든 할 수 있었다. 하지만 서서 걷는 것이 현재 그의 상태로는 상당히 어려운 일이었다.

"자, 저한테 기대세요."

익숙한 동작으로 진구지가 옆으로 돌아가 킨이치로를 부축하며 침대로 데려갔다.

키리코는 그 모습을 보며 생각했다.

원칙적으로 치매는 고칠 방법이 없다.

진행을 늦추는 방법은 있지만 그래도 사람이 천천히 망가지고 죽어간다는 점에는 변함이 없다. 이것은 불치병이다.

어떻게 하면 좋을까.

불치병이라고 해서 물러설 키리코가 아니다. 오히려 불치병이기 때문에 남은 수명을 아쉬움 없이 쓰기 위해 환자와 끝까지 마주해야 한다고 믿었고 지금까지도 줄곧 그렇게 해 왔다. 하지만 이번만큼은 어려웠다.

30년 이상을 거슬러 올라가 사는 사람과 죽음에 대해 무슨 이야기를 하면 좋을까. 게다가 전향성 기억상실이다. 쏟아부은 기억이 손가락 틈으로 차례차례 빠져나가 아무것도 남지 않는 환자와 어떻게 마주하고 어떻게 쌓아 올려야 할까.

그를 위해서 무엇을 할 수 있을까.

킨이치로를 바라보는 색소가 옅은 눈동자 안쪽에서 무언가가 조용히 일렁거렸다.

뭐가 뭔지 모르겠다.

나는 멍하니 선 채로 무릎이 떨리는 것을 느꼈다.

눈앞에는 끔찍한 절망이 있었다. 나는 벼랑 끝에 서서 까마득한 아래를 내려다보고 있었다. 눈에 힘을 줘도 바닥은 보이지 않았지만 때때로 문득 바로 코앞까지 다가온다. 잠깐 눈을 뗀 사이에, 아니, 눈을 떼지는 않았지만 마치 이쪽의 미미한 허점을 노려 움직이는 것처럼 거리가 계속 변화했다. 눈이 핑핑 돌 지경이었다.

"좋아요. 그럼 손잡이를 잡고 한 걸음 내딛어 보세요."

옆에 달라붙은 여자가 나에게 말했다. 말도 안 된다. 곧장 거꾸로 추락할 것 같은데 어떻게 걸으란 말이야. 나는 필사적으로 저

항했지만 능숙하게 유도하는 대로 오른발이 한 발짝 나가고 말았다. 그때 이상한 일이 일어났다. 오른발이 단숨에 몇백 미터나 늘어나 아득한 절벽 밑바닥에 닿았다. 나는 얼굴을 감쌌다.

대관절 무슨 일이 일어나고 있는 거지. 내 눈이 이상해진 것일까. 아니, 그렇다. 이곳은 화장실 입구고 절벽 따위는 있을 리가 없다. 고작 몇 밀리미터도 안 되는 턱이 있을 뿐이다. 하지만 내 눈에는 틀림없이 절벽으로 보인다, 그렇게 보인다——.

무섭다.

"단단히 받치고 있으니까 괜찮아요. 자, 한 걸음 더."

나는 눈을 감았다. 이런 눈은 믿을 수 없다. 오감 중에 확실히 믿을 수 있는 것은 청각뿐이다. 목소리에 의지에 어둠 속에서 왼발을 조심조심 앞으로 내밀었다. 발이 바닥에 닿은 것 같았지만 자신은 없었다.

"좋아요. 천천히 해도 돼요, 천천히 한 걸음 더. 되도록 스스로 움직이세요."

몸의 감각이 흐릿해 공중에 떠 있는 기분이었다. 차라리 그냥 옮겨 줘. 어디든 상관없으니 안전하게 데려다 줘.

불안해서 눈물이 날 것 같았다.


"높은 곳이 그렇게 무서워?"

옆에 있는 여자가 물었을 때 나는 허둥지둥 고개를 저었다.

"무서워서가 아니야."

가만히 에리를 바라보았다.

"그냥 시시하다는 거지. 높은 곳에 올라갔다가 내려올 뿐이라니."

"타보지 않으면 모르잖아?"

"그래도 저런 건 애들이나 타는 거잖아. 한심해."

"응, 그럴지도 몰라. 그럼 어린애들이 탈 만한 거니까 식은 죽 먹기겠네?"

이래저래 버텨 보았지만 아무래도 타지 않고 돌아가기는 어려울 것 같았다. 에리가 보채는 바람에 하는 수 없이 가장 비싼 티켓 세트를 샀다. 제트코스터도 탈 수 있는 표였다. 츠나 놀이공원의 캐릭터가 인쇄된 표 열 장 정도가 한 묶음으로 되어 있었다.

"고마워. 자, 가자."

에리가 내 손을 잡고 놀이공원 안으로 달려갔다.

"일찍 돌아가서 공부하고 싶은데."

에리는 투덜투덜 중얼거리는 나를 돌아보지도 않았다.

"이런 것도 사회 공부야."

에리는 자신만만하게 말했다. 고집 세고 제멋대로라 솔직히 싫은 타입이다. 하지만 그런 에리와 함께가 아니라면 놀이공원에 오는 일도 없었을 거라는 점도 사실이다.

이끄는 대로 넘어지지 않도록 필사적으로 에리의 뒷모습을 쫓았다. 첫 번째 놀이기구 입구가 보였다.

"수고하셨어요, 킨이치로 씨. 자, 여기에 앉으세요."

나는 푹신한 곳에 앉아 한숨을 돌렸다.

"이 티켓은 언제 내면 되죠?"

"티켓이오?"

흰옷을 입은 여자가 마찬가지로 흰옷을 입은 남자와 얼굴을 마주보았다. 순간 불안이 끓어올랐다.

"저기, 이걸로 놀이기구를 타는 게……."

말꼬리가 흐려졌다. 무언가 잘못된 걸까. 쳐다보니 손에 들고 있었을 티켓이 온데간데없고 에리의 손도 어느 틈엔가 놓치고 말았다. 서로 아무런 말도 꺼내지 못하고 침묵이 이어졌다.

"킨이치로 씨, 이제 슬슬 재활 운동을 시작할게요."

"재활 운동."

의미 없이 따라 중얼거리자 남자가 끄덕였다.

"그래도 무리하지는 않을 거예요. 다만 앞으로 기능을 얼마나 회복할지는 재활 운동을 어떻게 하느냐에 달려 있거든요. 우선 간단한 운동부터 할 거예요. 어떠세요? 제 말 이해하셨어요?"

전혀 모르겠다. 애초에 이 사람은 누구지?

거의 맥락도 없는 이야기 같았다. 뒤를 돌아보았다. 내가 아닌 다른 사람에게 말하는 게 아닐까 싶었기 때문이다. 하지만 거기에는 아무도 없었다. 남자의 눈빛이 진지해서 혹시 미친 사람이 아닌가 하는 생각마저 들었다. 나는 겁이 나서 무심코 고개를 숙이고 말았다.

"키리코 선생님, 우선 식사와 배설을 스스로 하는 부분부터 시작해도 되지 않을까요?"

대화 내용이 도통 머리에 들어오지 않았지만 누군가가 도움의 손길을 내밀어 주었다는 점은 이해했다.

"응, 그럴까."

"제가 보조할게요. 오늘은 상태를 보고 다시 방침을 의논해 봐요."

"알았어."

"그럼 그렇게 하고. 자, 식사가 온 것 같아요."

"과연. 진구지는 냄새를 잘 맡는구나."

문이 열리고 쟁반을 든 여자가 쭈뼛쭈뼛하며 들어왔다. 내 앞에 있는 테이블에 그것을 내려놓았다. 색색의 음식이 그릇에 담겨 있었다. 이것은 내 몫일까. 쟁반과 여자를 번갈아 보고 신중하게 반응을 살폈다.

가운을 입은 남자가 끄덕였다. 여자가 내게 턱받이를 둘러 주었다.

아무래도 내 식사가 맞는 모양이다. 어째서 이렇게 되었는지는 아직도 모르겠다. 하지만 모두 당연하다는 모습이니 얌전히 따르는 편이 좋을 것이다. 흐름에 맡긴 채로 내미는 숟가락을 향해 떨리는 손을 뻗었다.

"자, 네 몫이야. 음식은 저쪽에서 가져오면 돼."

에리가 건네준 숟가락을 꽉 쥐었다.

"가져다 주지 않는구나."

"그야 셀프서비스니까."

"그런 것 치고는 가격이 상당하네."

눈앞의 카레는 병원 식당과 비교하면 양은 절반이고 가격은 두 배였다. 밥은 질척하고 건더기도 별로 없어 보였다.

"놀이공원 가격이야. 이것도 포함해서 일상에서 벗어난 스페셜한 경험이지. 게다가 봐, 모양이 정말 귀엽잖아?"

에리는 오히려 가격이 비싸서 즐겁다고 하는 것 같아 도저히 이해하기 어려웠다. 돈 벌기 참 편하네. 나는 카레를 떠서 입으로 가져갔다.

"제트코스터 타보니까 재미있지?"

그 말을 듣고 돌이켜 보았다. 경치는 좋았고 상쾌하다고 하면 그런 것도 같지만 조금 피곤했다. 게다가 에리가 줄곧 옆에서 소리를 질러서 머리가 아팠다.

"나는 한 번 탔으면 됐어. 스릴이라고 할 정도도 아니고."

"유령의 집도 전혀 안 무서워하더라."

"그건 의외로 관찰하는 보람이 있었어. 직원들은 열심히 일했고 인형은 잘 만들어져 있었어."

"관람차는?"

"가장 지루했어. 아무튼 할 일이 하나도 없어서 따분했어."

에리가 잠시 나를 보더니 물었다.

"킨이치로 씨는 취미 같은 거 있어?"

"딱히 없어."

"휴일엔 뭐 해?"

"공부해."

"공부가 재밌어?"

"재미가 있고 없고의 문제가 아냐. 의사는 평생 공부해야 해. 공부를 멈추면 의사는 더 이상 발전하지 못해."

아니, 그런 뜻이 아니라, 하고 에리가 포크를 내려놓았다.

"필요하다고 생각은 하는데, 킨이치로 씨는 무슨 재미로 사나 싶어서."

"그건……."

"아, 미안해. 이런 건 물으면 실례지."

실례되는 질문일지도 모르지만 나는 솔직히 고민에 잠기고 말았다. 토쿠시마 선배도 비슷한 이야기를 자주 했다. 그런데 즐기며 산다는 것은 무슨 뜻일까. 사는 건 그냥 사는 거고 즐기는 것은 전혀 다른 종류라는 생각밖에 들지 않았다.

말이 없어진 내게 에리가 다시 물었다.

"무언가 목표라든가 이 맛에 산다든가 하는 게 있어? 딱히 거창한 게 아니라도 돼. 퇴근하고 마시는 맥주 맛이 끝내준다든가 그런 거라도 괜찮으니까."

"술은 별로 안 좋아해. 기호품 종류는 싫어하거든."

"그럼 뭘 위해서 일하는데?"

"출세해서 돈을 많이 벌기 위해서야."

"벌어서 뭐 하게?"

"뭐하긴, 그야, 돈을 벌어서……."

나는 아랫입술을 깨물었다.

커다란 구름이 하늘을 뒤덮은 것 같았다. 주변이 갑자기 어두워졌다. 가을 특유의 시원함도 의자와 테이블에 남은 따뜻함도 그대로였지만 커튼을 친 것처럼 광선만 엷어졌다. 작은 나뭇잎이 내 앞으로 날아와 오른쪽 왼쪽으로 흔들거렸다. 마치 길 잃은 어린애 같았다. 멀리서 아련한 멜로디가 들렸다.

"어머니는 생선을 좋아했어."

나는 무슨 이야기를 해야 좋을지 몰라서 머리에 떠오르는 대로 그대로 말했다. 그 순간 입에서 말이 쏟아져 나왔다. 꿈속 나라에 한순간 찾아온 서글픈 분위기에 등을 떠밀렸는지도 모른다.

"아버지가 집을 나갔거든. 어머니는 일만 했어. 너는 머리가 좋으니까 출세해서 돈을 벌라고 늘 말씀하셨어. 난 어머니를 편히 살게 해 주고 싶어서 의사가 됐어. 돈을 많이 벌 수 있을 것 같아서. 밥 굶는 일은 없을 것 같아서."

에리는 잠자코 듣고 있었다. 숨 쉬는 것조차 참는 것 같았다.

"언젠가 도쿄에서 가장 좋은 초밥을 사주겠다고 입버릇처럼 말했어. 한 번이 아니라 매일 먹게 해 주겠다고. 밤까지 술을 잔뜩 마시고 푼돈이나 겨우 쥐는 일 따위는 그만두고 이쪽으로 불러서 노른자위 땅에 집을 짓고 거기서 살게 해 줄 생각이었어. 하지만 돌아가셨어. 아주 허무하게."

바람에 나뭇잎이 춤추었다. 춤추는 나뭇잎이 서로 스치며 잘랑잘랑 악기가 울리는 듯한 소리가 울려 퍼졌다.

"난 돈을 잘 벌게 됐어. 지금보다 훨씬 더 벌 자신도 있어. 내 입으로 말하기는 좀 그렇지만 의외로 재능이 있는 것 같아. 저축도 점점 늘어나고 있고. 뭐든 살 수 있어. 하지만 어머니는 이제 안 계셔. 이렇게 성공했다고 보고할 수도 없고 초밥을 못 사드려. 그래서 너무 힘들어."

나는 완전히 식어 기름이 분리된 카레라이스를 바라보았다.

"외롭다거나 하는 건 아니야. 한 번 더 만나고 싶다는 둥 약해 빠진 소리를 할 생각도 없어. 죽음은 어쩔 수 없으니까. 다만 그게……, 끝이 안 난다고 할까. 모르겠어."

머리를 감싸고 생각에 잠겼다.

"돈을 벌면 엄청난 충족감을 느껴. 다른 일을 하고 싶은 생각은 없어. 돈을 벌어야 한다고도 생각해. 틀림없이 그런 걸 거야. 어머니께 은혜를 갚지 못한 채로 끝났기 때문에 동기만 줄곧 남아서 헛돌고 있는지도 몰라. 하지만 이제 와서 멈출 수도 없고 딱히 멈추고 싶지도 않아."

"돈을 버는 게 그렇게 즐거워?"

"당연하지. 이런 곳에 와서도 일 생각만 할 정도로 즐거워."

"앗, 지금도 그래?"

나는 끄덕였다.

"맞선을 본 것도 일을 위해서야. 나이도 먹었는데 홀몸이면 출세에 지장이 생긴다는 말을 들었거든. 데이트하러 나와서 미안하지만 난 연인이나 가족은 원하지 않아."

의사와 결혼하고 싶거든 다른 사람을 찾아보라고까지는 하지 않았다. 솔직한 내 의견이지만 아무리 생각해 봐도 비꼬는 말로밖에 들리지 않는다.

하지만 에리의 대답은 내 상상과는 전혀 달랐다.

"난 그렇게 생각하지 않아."

나는 미간을 찡그렸다.

"생각하지 않는다니, 뭘?"

"킨이치로 씨는 그런 사람이 아니야."

"당신이 나에 대해 뭘 안다고?"

"알아."

에리는 담담하게 말을 이었다.

"정말로 일 때문에 가족이 필요하다고 생각하는 사람이었다면 일부러 그걸 지금 나한테 말하진 않을 거야. 틀림없이 더 교묘하게 감출 거야. 본심을 끝까지 숨기고 완벽한 남자를 연기해서 쓸데없이 시간을 낭비하지 않고 결혼했을 거야. 돈 버는 재능이 있다는 건 그런 거잖아?"

에리가 빨대로 소다수를 쭉 빨자 마치 그 신호에 맞춘 것처럼 구름이 걷히고 주변이 환해졌다.

"일부러 제트코스터를 타고 재미없었다고 하거나 카레라이스가 비싸다든가 하는 말은 안 해. 킨이치로 씨는 단지 서투르고 시야가 좁은 사람이야. 그걸 본인은 왜 모르는 걸까?"

무언가 되받아치고 싶었지만 괜찮은 반박이 떠오르지 않았다.

"맞선이나 데이트도 완전히 이용하지도 않고 거절하지도 않아. 하지만 나와서도 즐기지 않고 공부하는 게 낫다는 말이나 하고. 내가 보기에는 상당히 어중간하거든. 킨이치로 씨는 어느 쪽으로 갈지 헤매고 있는 거야."

"그럼 묻겠는데, 당신은 확실한 목적이 있어서 맞선을 보러 온 거였어?"

"아니, 딱히."

"뭐야. 그럼 남한테 이러쿵저러쿵할 자격도 없잖아."

"부모님과 친척들이 슬슬 가정을 꾸릴 생각을 하라고 하는데 나는 전혀 그럴 마음이 안 들어. 남이 시키는 대로 하는 건 별로 안 좋아하거든. 난 그냥 즐거운 게 좋아. 놀이공원도 재미있고, 책을 읽고 음악을 듣고 차를 마시는 것도 좋아."

"나보다 훨씬 생각이 없구나."

"하지만 누군가에게 반발하느라 즐거운 일을 놓치는 것도 싫어. 시키는 대로 결혼하는 것도 싫지만, 많은 사람들이 결혼을 하잖아? 어쩌면 결혼은 엄청나게 즐거운 건지도 몰라. 그렇다면 안 할 이유가 없지. 그래서 맞선을 본 거야. 내 눈으로 알아보기 위해서. 솔직히 결혼이 뭔지 아직도 잘 모르겠어. 하지만 그게 당연하지 않을까? 해 본 적이 없으니까. 오히려 난 해 보기도 전부터 결혼이 최고라고 하는 사람들이 이상해. 안 그래?"

에리는 단숨에 쏟아내고 나를 빤히 보았다. 그리고 갑자기 이를 드러내고 웃었다.

"우리가 결혼하면 재미있을 것 같아."

나는 무심코 숟가락을 떨어뜨릴 뻔했다.

"무슨 농담이 그래?"

"내가 이만큼이나 하고 싶은 말을 다 해도 화내지 않는 남자는 처음 봤어."

"너무 제멋대로라 오히려 화낼 기운이 사라졌어."

"멋지다."

에리가 손뼉을 짝 쳤다.

"킨이치로 씨한테도 이렇게나 멋대로 끌고 다니는 여자는 없었지? 폭우가 쏟아지는 정원이며 찻집이며 노래방에 놀이공원까지. 나 덕분에 인생이 얼마나 쓸데없는 일로 넘쳐나고 풍부해진 줄 알아? 돈만 있고 아무것도 없던 당신의 사막이 말이야!"

어쩐지 이쯤 되니 우스꽝스럽기까지 했다. 나는 쓸쓸하게 웃었다.

"자기 입으로 말하지 말래도."

에리는 만족스러운 듯이 일어섰다. 커다란 구름은 바람에 모조리 흩어지고 엷은 새털구름이 넓은 하늘을 반으로 나누듯이 뻗어 있었다. 내 쟁반에 자신의 쟁반을 겹치더니 어서 정리하라고 재촉했다. 나는 마지못해 따랐다.

"자, 한 번 더 줄 서자."

"또 타게?"

"당연하지. 제트코스터는 몇 번을 타도 신나는걸."

"아까 내가 평생에 한 번이면 충분하다고 말했을 텐데."

에리는 내 팔을 잡고 걸으며 장난스럽게 한쪽 눈썹을 올리고 이쪽을 올려다보았다.

"그건 모르지. 결혼하면 또 올지도 모르잖아?"

"어째서 이야기가 그렇게 돼?"

"그때는 아이가 있고 당신은 그 아이한테 이끌려 다닐지도 몰라."

"설마."

"믿을 수 없지? 나도 그래. 하지만 결혼하면 그런 믿기 힘든 일이 일어날지도 모르잖아. 어차피 가야 한다면 그쪽을 향해 가는 게 즐겁지 않아?"

나는 에리를 진지한 얼굴로 보았다.

"나는 진심이야."

궤변으로밖에 들리지 않지만 어쩐지 듣다 보니 나쁘지 않겠다는 기분이 든다. 이상한 여자다.

"공부하는 짬짬이 생각해 볼게."

나는 그렇게 말하고 어떻게든 그 자리를 빠져나왔다. 한 걸음 걸을 때마다 에리가 장난을 치며 끌어당기거나 밀어내거나 해서 성가시다. 나는 때때로 흡, 하고 팔에 힘을 주어 에리를 들어 올렸다. 그러자 에리가 어린애처럼 소리를 지르며 웃었다. 주변은 환하고 빨간 낙엽이 날아다니고 흥겨운 음악과 맛있는 냄새로 가득했다.

그리고 그 모든 것이 사라졌다.
방은 어둡고 아무도 없었다.
나는 침대 위에서 혼자 몸을 반만 이불로 덮고 앉아 있었다. 축 늘어져 있는 내 손은 앙상하고 쭈글쭈글하고 거뭇거뭇했다. 링거 튜브만이 흐릿한 빛을 받아 희게 빛났다.

커피를 아주 진하게 끓여 설탕을 듬뿍 넣었다. 맛이라기보다는 약하게 조절한 전기 충격에 가까운 그것을 다 마시고 후쿠하라는 소화불량을 자각하며 트림을 했다.
뛰어다니느라 다리는 저리고 계속 생각하느라 머릿속이 멍하고 뜨겁게 맥박이 뛰었다. 부원장실에서 혼자 소파에 몸을 내던지며 책상 위를 보았다. 명함집은 지난 1주일 사이에 빵빵하게 부풀어 올랐다. 원장이란 사람을 만나고 다니는 일이다.
자주 협업하는 병원에 가서 인사를 하고 굵직한 고객을 만나고 거래처와 협상을 한다. 짬을 내서 병원의 주요 멤버들의 이야기도 들어봐야 하고, 결제를 하고, 그에 따른 전략도 세워야 한다.

그리고 꼭 한창 바쁠 때면 발생하는 클레임과 트러블에 대처해야 한다. 니토베가 많이 도와주기는 하지만 눈이 핑핑 돌 것 같았다. 게다가 일부 중요한 수술까지 집도했기 때문에 완전히 과로였다.

지쳤다.

기지개를 쭉 켜고 새어 나오는 대로 신음 소리를 냈다.

체력만큼은 자신이 있고 일하는 것도 좋아한다. 하지만 그래도 자꾸만 생각이 들었다.

아버지는 일흔이 넘어서도 용케 이 일을 했구나.

후쿠하라는 아직 노쇠를 모르지만 환자를 진찰하다 보면 일흔이라는 나이가 어떤 것인지 정도는 안다.

니토베가 말했다. 옛날에는 병원이 더 힘들었다고. 완전히 전쟁터나 다름없었고 언제 무슨 일이 일어날지 알 수도 없는데 병사는 모자랐다. 제대로 눈을 붙일 짬도 없는 날이 이어졌다고 했다. 시치주지 병원의 성장과 함께 설비가 충실해지고 직원이 늘어나면서 안정적인 운영이 가능해졌다.

내가 어릴 때였구나.

후쿠하라는 한숨을 푹 내쉬고 일어났다.

어머니가 돌아가셨을 시기다. 그 무렵 아버지는 언제나 밤늦게 돌아왔다. 아침에 내가 일어났을 때는 이미 집에 없었다. 생각해 본 적도 없었지만 아버지가 출근한 것은 아침이 아니었을지도 모른다. 한밤중……, 자정이든 새벽 한 시든 그런 시각에도 호출을 받아 나갔던 날이 있었을 것이다.

아버지는 아무 말도 하지 않았다. 바쁘다고도 바쁘지 않다고도 하지 않고, 거의 대화를 한 적이 없었다. 그저 언짢은 표정으로 도시락을 급히 먹는 모습만 떠올랐다.

무의식중에 주먹을 쥐었다. 손가락뼈에서 히미하게 빠득 소리가 났다.

아버지 자격이 없는 남자다. 그 점은 변함이 없었다. 인식을 바꿀 마음도 없었다.

하지만 그래도 남자로서 인정할 부분은 있었다. 일에 최선을 다한 점만큼은 사실이었다.

후쿠하라는 일어서서 기름진 머리를 쓸어 올렸다.

"아버지 얼굴이라도 보러 갈까."

약해진 모습을 보고 싶었다. 쇠약하고 주름지고 대화도 할 수 없는 아버지를 보고 싶었다. 그 증오스러운 얼굴을 보고 분노를 되찾고 싶었다.

쓸데없는 생각을 하면 피곤하다.


이미 병원 안은 소등한 상태지만 특별실 옆의 컨퍼런스 룸에서는 불빛이 새어나오고 있었다. 후쿠하라는 피곤한 다리를 끌듯이 하면서도 성큼성큼 걸어갔다. 다만 발소리만은 습관적으로 자제했다. 조금이라도 환자가 편안하게 잠들었으면 했다.

목소리가 들렸다.

"키리코 선생님, 조금 더 부드럽게 대해 주세요. 갑자기 재활훈련을 하자고 하면 환자가 당황할 뿐이라고요."

"킨이치로 씨는 신경외과의니까 그 편이 빠를 거라고 생각했거든."

"치매 환자의 머릿속에서 무슨 일이 일어나고 있는지는 아무도 몰라요. 다시 말해 무슨 일이 일어나더라도 이상하지 않다고요. 그 사실을 전제로 깔고 다가가야 해요. 환자 상태를 보고 받아들이면서요. 그 사람이 예전과 같은 사람이라고 생각하면 일이 안 돼요."

키리코와 진구지가 이야기를 나누고 있나 보다. 후쿠하라는 입구 바로 앞에서 발을 멈췄다. 그리고 킨이치로가 잠든 특별실을 향해 문을 잠시 바라보았다.

"혹시 키리코 선생님은 치매 환자를 접한 경험이 그다지 많지 않은가 봐요?"

"응. 나한테 상담하러 오는 사람들은 모두 자신의 의사를 가진 사람이었으니까."

"그렇다면 제 의견을 따라야 해요. 그런데 치료 방침 말인데요, 한동안 이대로 가요?"

"그럴 생각이야. 뇌부종을 개선하기 위한 약을 링거로 투여하면서 상태를 볼까 해. 그런 다음 강하제를 쓸까 봐. 와파린은 더는 안 쓸 거야. 그런데 아무래도 검사 결과가 마음에 걸려. 이게 뇌경색으로 보이지는 않거든."

"무슨 말이에요?"

"좌측두엽 전방에 뇌내혈종, 측두엽 전체에 뇌종창. 사진만 보면 뇌종양의 종양 내 출혈이야. 다만 MRI로 종양은 아니라고 판명됐지. 하지만 뇌염이라고 하기에는……."

"발열과 구토가 없는 건 확실해요. 뇌염은 아니에요."

"응. 그래서 좀 상태를 지켜볼 거야."

이마를 맞대고 의논하는 두 사람이 눈에 들어왔다. 차트며 자료가 주변에 어지럽게 흩어져 있었다. 후쿠하라는 가볍게 손을 들며 병실 안으로 들어갔다.

"수고 많으십니다. 저희 아버지 때문에 고생이 많으시죠?"

"후쿠하라."

"부원장님이라고 불러. 아버지는 어때? 병실에서도 제멋대로야?"

"그렇진 않아. 오히려 너무 얌전하시지. 마침 잘됐어. 한가하면 이걸 좀 봐 줘, 후쿠하라."

"뭔데?"

"이 CT가 뇌경색으로 보여?"

서늘한 눈빛의 키리코를 노려본 다음 후쿠하라는 화면을 들여다보았다.

"아직 발병 초기니까 확실하게 나타나지 않아도 이상할 건 없어. 한두 주 정도 지나면 병소가 보일 거야."

"그럼 이 혈종은 어떻게 판단해?"

"이전의 뇌경색 부위에 출혈이 나타난 거지."

"좀 억지 아냐?"

"자연스러운 추론이야."

후쿠하라는 고개를 들고 천천히 방에서 나갔다.

"열어서 안을 볼 수 있으면 편한데. 정말이지 뇌는 성가시다니까. 어느 쪽이든 상태를 지켜본다는 치료 방침에는 찬성이야. 그대로 계속 지켜봐도 괜찮아."

키리코가 일어서서 뒤따라왔다.

"너답지 않게 상당히 될 대로 되라는 의견이구나. 환자의 가족으로서 바라는 건 없어?"

"바라는 거? 그야 쉽지."

바로 눈앞에 있는 특별실 문을 열고 안으로 들어가더니 침대를 가리켰다.

"아버지를 되도록 편하게, 꼴까닥 눈을 감게 해 줘."

팔짱을 낀 채 진구지가 눈썹을 꿈틀거렸다.

"말조심하세요, 환자분이 들으세요."

"들리면 어때. 어차피 아무것도 모르는데."

킨이치로는 깨어 있었다. 침대 위에 누운 채로 그저 멍하니 눈을 뜨고 천장을 보고 있었다. 아들이 들어와도 반응을 보이지 않았다.

"이래 보여도 나는 아버지를 이해하고 있어. 아버지는 이미 만족했어. 다 못 쓸 만큼 돈을 벌었어. 그다지 어려운 일도 없이 지금까지 편하게 인생을 살아왔지. 이쯤에서 깨끗하게 퇴장하는 게 가장 행복할 거야."

"치료가 필요 없다고?"

키리코가 물었다.

"아버지에게 해 줄 수 있는 건 존엄사야. 재활이니 투약이니, 불쌍하잖아. 열심히 해봐야 돈 한 푼 안 되고, 설령 어느 정도 머리가 돌아오더라도 원래대로 원장으로서 일할 수도 없으니까. 돈 버는 것 말고는 아무런 낙도 없는 저 사람을 억지로 살려 두고서 뭘 시킬 건데?"

자신의 입으로 아버지에 대해 내키는 대로 떠들 때마다 쾌락이 뇌혈관을 타고 달렸다. 그것은 승리의 미주(美酒)였다. 하지만 황홀함의 파도가 한번 물러날 때마다 희미한 허무가 고개를 내밀었다. 그것을 감추기 위해 후쿠하라는 이야기를 계속했다.

"저 사람을 구해 주길 바라는 가족은 아무도 없어. 유일한 아들이 이 모양이니까. 요즘 내가 걱정하는 게 뭔지 알아?"

"아버지가 돌봄이 필요한 상태로 오래 사는 거?"

"그건 최악이 아냐. 돈으로 해결할 수 있으니까. 내가 싫은 건, 아버지가 죽어서 어머니와 재회하는 거야."

진구지는 한숨을 내쉬었지만 키리코는 여전히 무표정했다.

"아버지는 저세상에 가서도 어머니를 혹사시킬 테니까. 다른 노예를 같이 보내면 좋을 텐데. 내가 할 수 있는 건 부모님을 다른 묘지에 따로 안장하는 정도야."

문득 킨이치로 쪽을 보자 그가 일어나 앉아 있었다.

순간 덜컥했지만 그는 허공만 바라보며 아무 말도 하지 않았다. 멍한 표정으로 규칙적으로 눈을 깜빡였다.

"날 혹사시킬 생각밖에 없는 것 같네."

에리가 찻집의 갈색 테이블을 손끝으로 톡톡 두드렸다. 컵 안의 검은 수면이 흔들렸다. 나는 자신을 되돌아보며 생각했지만 이윽고 잠자코 끄덕였다.

"뭐, 그렇겠지."

"내가 집안일을 전부 하잖아. 당신 상사에게 인사를 하고 명절 선물을 보내고 당신 부하를 대접하고 당신을 위해서 움직여. 그럼 당신은 뭘 해 줄 건데?"

"일을 하지."

"일을 쉬는 날은?"

"일을 하기 위한 공부를 해."

"같이 놀러 나가거나 하지는 않을 거야?"

"……어느 정도나?"

"대놓고 얼굴 찡그리지 마. 한 달에 한두 번 정도는 가족끼리 어디 가고 싶다고."

"필요하면 가도 돼. 하지만 응급 환자가 들어오면 바로 병원으로 갈 거야. 최소한 그 정도는 봐줘."

"그래서는 전혀 마음이 편하지 않아."

"나로서는 일을 팽개치고 놀러 가는 게 마음이 편하지 않아."

"가족과 일 중에 어느 쪽이 더 중요해?"

"일이지."

나는 단박에 대답했다. 에리는 딱히 놀라지도 않고 이마를 짚으며 한숨을 푹 쉬었다.

"그렇겠지. 나도 알아."

"그러니까 역시 결혼은 안 하는 게 좋아."

내가 말하자 에리가 고개를 번쩍 들었다.

"몇 번이나 생각해 봤어. 난 당신을 행복하게 해 줄 자신이 없어. 일에 좋은 영향을 끼칠지 아닐지, 그것밖에 생각하지 못하는 인간이야. 당신한테는 더 좋은 남자가 나타날 거야."

"그런 말을 듣고 싶은 게 아냐."

왜 모르는 걸까, 하고 에리가 머리를 쥐어뜯었다.

"평범하게 행복해지고 싶었다면 벌써 다른 남자한테 갔지. 그런 게 아니야. 당신이랑 결혼하고 싶은 거야. 그래서 어떻게 해야 잘해 나갈지를 생각하고 싶다고. 방침만이라도 세워두지 않으면 우리 아버지를 설득하긴 절대로 불가능하니까."

"목적과 수단이 뒤죽박죽이지 않아?"

"이런 경우에는 올바른 인과관계를 끌어내는 방법이라고 생각하는데? 행복해지기 위해 결혼하는 게 아니야. 결혼하니까 행복이 생겨나는 거지."

수긍한 것은 아니지만 나는 끄덕였다. 에리와 교제를 이어가고 결혼을 진지하게 검토하는 것은 그 이상한 논리를 계속 듣기 위해서나 마찬가지였다. 에리의 이야기는 언제나 잘 이해는 되지 않았지만 어째서인지 옳다고 느끼게 만드는 힘이 있었다.

"이렇게 하자."

에리가 손을 탁 쳤다.

"아이를 많이 낳자. 그게 날 부려먹는 조건이야."

그렇기는 하지만 이 말에는 아무리 나라도 고개를 갸웃거렸다.

"무슨 뜻인지 모르겠어. 무슨 소리야?"

"아이를 많이 낳게 해 주면 당신은 일에 집중해도 좋다는 얘기야."

나는 잠시 생각에 잠겼다.

"일방적으로 나한테 유리한 조건이라고밖에 느껴지지 않는데……"

"그래 보이지? 그게 포인트야."

에리가 싱긋 웃었다.

"당신은 평범한 방법으로는 다루기 어려운 고집불통이니까. 내가 무슨 말을 해도 소용이 없어. 하지만 당신 아이가 생기면 바뀔 거야."

단언하는 말에 덜컥했다. 에리는 우주의 섭리에 통달한 점술사처럼 맑은 눈동자로 내 눈을 똑바로 바라보았다.

"일 말고는 즐거움을 찾아낼 수 없다든가 가족을 위해서 아무 것도 해 줄 수 없다든가 하는 건 아무래도 좋아. 아이가 생기고 가족이 생기면 전부 거짓말처럼 해결될 테니까. 당신은 일보다 소중한 것이 생기고 훨씬 더 인간다운 성격으로 바뀌어서 나랑 아이를 한껏 사랑해 줄 거야. 당신은 그런 사람이야. 결국 내가 바라는 대로 될 거거든."

"그걸 어떻게 알아?"

"그냥 알아. 이유는 설명하기 힘들지만, 여자는 가끔 그런 때가 있어. 자, 어떡할래?"

놀라서 얼이 빠진 내 앞에서 에리가 몸을 내밀었다.

"이 조건을 받아들일 거야, 말 거야? 본인한테 유리하다고 생 각하면 거절할 이유가 없지 않아?"

나는 무심코 쓴웃음을 지었다.

무슨 소리를 하는 건지 모르겠다. 어쩐지 오싹하긴 해도 흥미 로웠다. 확실히 나는 이렇게라도 하지 않으면 결혼하지 않을 것 이다.

"나는 나한테 유리하다고 생각하고, 당신도 당신한테 유리하다 고 생각하는 거야?"

"응."

"그렇다면 분명 결혼해서 행복하겠지."

"그렇지?"

내가 졌다. 나는 양손을 펼쳐 들었다.

"알았어. 아버님을 설득하러 가자."

에리는 승리를 뽐내듯이 덧니를 드러내며 웃었다.

쿡, 쿡쿡.

쟁반에서 물이 넘치듯이 킨이치로의 웃음소리가 메아리쳤다. 키리코와 후쿠하라는 순간 그의 얼굴을 보았다.

"즐거운 꿈이라도 꾸나 보네. 큰돈이 들어오는 꿈이라든가."

후쿠하라는 내뱉듯이 말하면서도 무력한 아버지를 순간 사랑스럽다고 느꼈다. 저렇게 순수하게 웃는 얼굴은 처음 보았다. 아버지에게 그런 표정이 있는 줄도 몰랐다.

"후쿠하라, 확인해도 좋을까?"

"뭘?"

키리코가 아주 진지한 얼굴로 물었다.

"네 의향을 정리하자면 되도록 킨이치로 씨를 오래 살게 하는 게 좋다는 거지? 천국에 계신 어머니를 만나는 시간이 1초라도 늦어지도록. 그런데 넌 어느 시점에서 영혼이 천국으로 간다고 생각해? 심정지야, 뇌사야, 어느 쪽이야? 그에 따라 방침도……."

이 물음에는 후쿠하라도 당황했다.

"아니, 잠깐, 기다려. 천국이 어쩌고 한 건 농담이야. 그 정도는 알잖아?"

"네가 사후 세계를 믿을 가능성도 완전히 버릴 수는 없으니까."

"농담이 안 통하는 녀석이네. 치료는 평범하게 해 주면 돼."

"평범하게? 뭘 기준으로 평범하다고 판단하면 되지?"

"그러니까 적당히 편하게 죽게 해 줘."

적당히? 편하게? 키리코는 얼마든지 딴죽을 걸 수 있다는 듯이 눈을 깜빡였지만 일단은 입을 다물고 후쿠하라의 본심을 살피듯이 들여다보았다.

"후쿠하라, 넌 아직 아버지의 죽음을 진지하게 생각해 보지 않은 것 같아."

"뭐라고?"

무심코 목소리가 거칠어졌다.

"나는 딱히 아무래도 좋아. 네가 아버지를 증오하건 존경하건 상관이 없어. 하지만 증오하면 증오하는 대로 어떻게 보내드리고 싶은지 생각해 둬야 하지 않을까? 구체적으로 어떻게 괴롭히고 어떤 후회를 느끼며 눈을 감게 하고 싶은지, 거기까지 진지하게 생각해야 제대로 복수했다고 할 수 있지 않겠어? 하지만 넌……, 도무지 의욕이 느껴지지 않아."

어째서 이렇게 되는 거지.

후쿠하라는 분노로 씩씩거리며 당황했다.

주도권은 내게 있었을 터였다. 치매에 걸린 아버지를 키리코에게 떠맡기면 곤란해할 사람은 아버지와 키리코여야 했다. 아니, 구도는 아무것도 바뀌지 않았다. 여전히 나는 원장이 되는 길을 똑바로 나아가고 있고 아버지는 불쌍하게 추락해간다.

그런데 어째서 키리코가 내게 설교하는 거지.

"별로 상관은 없지만. 진지하게 생각하고 싶지 않다는 게 네 바람이라면 그래도 괜찮아. 다만 너와 아버지의 인연은 그 정도였어? 뭐랄까, 대단치도 않구나."

"뭘 안다고 지껄여대는 거야!"

소리를 버럭 지른들 개구리 낯짝에 물 붓기다. 알고는 있지만 참을 수 없었다.

"일단 네 말은 이해했어. 킨이치로 씨의 의향이 명료하지 않을 때는 네 의향을 참고할게."

키리코는 앞에 놓인 노트에 재빨리 메모했다.

"뭐야, 잠깐. 아버지의 의향을 확인할 생각이야?"

"그래."

"치매 환자야. 제대로 대화도 할 수 없어."

"좀 어려울 뿐이야. 그의 속마음을 찾아낼 가능성은 있어."

"가능성은 얼어 죽을! 뇌혈관이 막혀서 세포가 망가졌어. 아버지한테는 이미 속마음이 존재하지 않아."

키리코가 노트를 탁 덮고 후쿠하라를 흘깃 보았다.

"해 보기만 할 거야. 주치의는 나야. 그리고 나한테 맡긴 사람은 다름 아닌 너고."

후쿠하라가 아무 말도 못하자 키리코는 킨이치로 쪽으로 다가가 옆에 놓인 의자에 앉았다. 멍하니 있다가 이따금 웃음을 지을 뿐인 노인을 그저 바라보고 있었다.

후우, 하고 한숨을 쉬며 진구지도 옆에 섰다.

후쿠하라는 떨리는 주먹을 필사적으로 참았다.

모든 것이 자기 의도대로였을 텐데 어째서 이렇게나 짜증이 나는 걸까. 불쾌했다. 침대 위의 아버지를 보았다. 당신이 있어서 그렇다. 당신이 있으니까 이런 기분이 드는 것이다.

제발 빨리 죽어 줘.

"킨이치로 씨."

나를 부르는 목소리가 들렸다.

"킨이치로 씨."

누구지? 남자 목소리다. 잘 보이지 않았다. 흰 옷을 입고 있다는 것은 알았다. 하얀 방에 있다는 것도 알았다.

"그렇다면 여기는 병원인가?"

"맞아요. 여기는 병원이고 저는 당신의 주치의인 키리코예요."

"시치주지 병원이군."

"맞아요."

"지금은 휴식 시간인가? 그렇군. 그래, 알았어."

전에도 이런 적이 있었다. 어째서인지 나는 안다. 그렇다면 이제 곧 선배가 방으로 올 것이다.

"여어, 새신랑."

봐라, 왔다. 체형이 둥글둥글한 토쿠시마가 방으로 들어와서 내 등을 탁탁 쳤다.

"선배, 살이 더 쪘네요."

"행복해서 찐 살이야. 네가 결혼해서 기쁘거든."

"왜 선배가 행복하고 살이 찌는데요?"

"네 몫까지 대신 쪄줬으니까 고맙게 생각해. 결혼 생활은 어때? 좋지?"

"딱히 예전과 다르지 않아요."

"쑥스러워하긴. 얼굴은 헤실헤실 풀어져 가지고. 일도 더 열심히 한다며? 부장님이 칭찬하더라."

"뭐, 생각보다 잘 지내고 있어요. 아내랑 얘기하는 게 재밌거든요. 피로가 싹 날아간다니까요."

"자랑하기는. 제수씨는 참 좋은 사람이야. 너한테는 그런 사람이 잘 맞아. 이제 좀 사람 꼴이 나잖아? 요즘에는 옷도 깔끔해졌고."

"그럴지도 몰라요."

"에휴, 우리 마누라도 조금만 더 날 사람 취급해 주면 좋겠는데."

토쿠시마는 무사태평하게 말하고 캔 커피를 책상에 두더니 내 앞의 의자에 털썩 앉았다. 문득 그 얼굴이 흐릿하게 보였다. 나는 눈을 깜빡거렸다.

"킨이치로 씨, 제가 누군지 알아보시겠어요?"

갑자기 이해가 되었다. 상대는 토쿠시마 선배가 아니다. 그 정도는 목소리로 안다. 하지만 누구인지는 생각나지 않았다. 여우나 너구리가 둔갑했다는 게 이런 느낌일까. 당황하자 정체불명의 남자가 이어서 말했다.

"저는 당신의 주치의예요. 당신은 지금 병에 걸려서 병원에 있어요."

너무나도 엉뚱한 소리에 말이 나오지 않았다.

"물어보고 싶은 게 있어요. 당신의 이상은 뭐죠? 삶에 있어서의 이상이요. 어떻게 죽고 싶고, 어떻게 살고 싶은지를 꼭 듣고 싶어요."

담담하고 가차 없는 질문이었다. 무서워서 심장이 벌렁벌렁 뛰었다. 신이나 악마가 묻는 건가 싶기도 했지만 그런 것 치고는 어딘가 배려하는 기색도 느껴졌다.

"저는 당신의 대답에 따라서 치료 방침을 정하고 싶어요. 킨이치로 씨는 자신의 미래를 가능한 범위에서 선택할 권리가 있어요. 저는 그에 따라 협력하고 싶어요."

아무래도 나를 심판하려는 것은 아닌 듯했다. 그렇게 생각하자 조금씩 진정이 되었다. 가슴을 쓸어내리며 천천히 숨을 내뱉었다. 기침이 나오려는 것을 억누르고 눈을 부릅뜨며 앞을 보았다. 안 되겠다. 형상이 초점을 맺지 못하고 어렴풋한 그림자만 보였다. 이따금 그것이 일그러지고 길게 늘어나고 갑자기 쪼그라들며 휘었다. 이것은 악몽인가.

"어디까지 이해하셨어요? 뭐든 좋으니까 아는 범위에서 반응을 해 보세요. 그렇지, 아드님과는 아까 이야기했어요. 치료 방침에 대한 아드님의 요구사항은 방금 확인했어요. 하지만 역시 환자 본인의 의사가 가장 중요하니까요……."

"마사카즈."

목소리가 나왔다.

누구지? 마사카즈가 누구지?

기억이 사고를 뒤따라 왔다.

"아아, 아들은 마사카즈야."

"네, 맞아요."

왜 이런 것을 잊고 있었을까. 생각해 보니 당연했다. 그렇다, 나는 마사카즈의 아버지고 병원장이다. 그렇지, 오치아이와 회식을 하던 중이었다. 머릿속의 안개가 걷힌 것 같았다.

"가야 해. 오치아이는 어디 있지? 먼저 돌아갔나?"

"그 문제는——."

갑자기 오싹한 감각이 몸을 감쌌다. 기억을 에워싸고 있던 안개는 사라지지 않았다. 등 뒤에서 부풀어 올라 무수한 팔로 나를 움켜잡고 어둠속으로 끌어당기려 했다. 힘이 어마어마했다. 발밑의 땅이 사라졌다. 한 걸음도 앞으로 내디딜 수 없었다. 큰일 났다.

"——일단 넘어가죠——."

빨리, 빨리 말해 줘. 네 목소리는 너무 느려. 네 말을 다 듣고 대답을 할 때까지 나는 여기에 있을 수 없어. 안개가 나를 끌어당기잖아. 무시무시한 힘으로 빨아들이고 있다고. 숨을 쉴 수가 없어.

"──그보다 치료 방침──."

목소리기 멀어져 갔다. 고막 안쪽이 부풀어 올라 소리가 들리지 않았다. 온갖 생각이 떠올랐다. 지금은 상관이 없는 일, 지금은 떠올리면 안 되는 일들뿐이었다. 어릴 적 풍경이 보였다. 어릴 적 냄새가 감돌았다. 무수히 빛바랜 사진이 눈앞에 몇 겹이나 처덕처덕 발라져 갔다. 환상이다. 마음을 빼앗기면 단숨에 의식이 끌려가고 만다.

빨리.

누가 손을 잡아 줘.

손을.

"──검사를 하고 싶어요. 킨이치로 씨?"

어둡다.

"들리세요? 아시겠어요?"

눈앞의 남자가 나를 들여다보았다. 문득 이명이 들렸다.

조금 전까지 무언가에 쫓기던 기분이었다. 그리고 바로 지금 해방된 느낌이 들었다. 기분 탓일까.

일단은 눈앞에 있는 사람에게 대답해야 한다.

"미안해요, 잠깐 다른 생각을 했어요."

나는 머리를 깊게 숙였다. 물론 토쿠시마 선배는 이런 일로 화낼 사람이 아니다. 불룩한 배를 흔들며 웃었다.

"어차피 또 제수씨 생각하고 있었지? 참 나, 어쩔 수 없지."

"골프 이야기를 하던 중이었던가요?"

"정신 차려, 이 친구야. 아니야. 검사 이야기 중이었어. 요즘 살이 너무 쪘으니까 검사를 받아 보라고 하더라고. 내과의는 툭하면 검사부터 하자고 해서 싫다니까. 숫자만 보고 환자 안색은 살피지를 않잖아. 이런 말 하면 혼나겠지만."

캔 커피를 쭉 들이켜고 푸후, 하고 숨을 내쉬며 토쿠시마가 계속했다.

"검사 하니까 생각났는데 킨, 제수씨가 어디 안 좋아?"

"네?"

"네, 가 아니지. 마음에 걸리는 수치가 있어서 CT를 찍었다고 오리베 선생이 그러던데."

"그게 무슨 말이에요?"

자신의 얼굴이 순식간에 하얗게 질리는 것을 느꼈다. 무슨 소리지? 무슨 일이 있었던 거야. 어째서 에리가 내가 아니라 오리베 선생님과 상담을 하는 거지.

"얘기 못 들었어?"

"전화 좀 하고 올게요."

나는 벌떡 일어나 토쿠시마 선배를 남겨 두고 휴게실을 뛰쳐나갔다.

링거 교환을 끝내고 다 쓴 팩을 의료용 폐기물통에 넣었다. 문득 스쳐지나간 신입 간호가 의아한 눈길로 진구지를 보았다. 하지만 바로 베테랑으로 보이는 간호사가 무언가 귀엣말을 했다.

"저 사람이 그 원장 선생님의……."

"아, 그랬군요."

괜히 엮이고 싶지 않을 것이다. 두 사람은 멀리서 진구지가 작업하는 모습을 지켜보기만 하고 말을 걸지는 않았다. 친하게 지내봐야 성가시기만 하니 마침 다행이었다. 출입 기록 노트에 자신의 이름을 적고 오로지 앞만 보고 방을 나갔다. 그대로 특별실로 가려다가 문득 생각을 바꾸었다. 병원 안의 편의점에 들렀다.

"키리코 선생님, 아무것도 안 드시면 몸 상해요."

그렇게 말하고 사이드 테이블에 믹스 샌드위치와 물이 든 페트병을 놓았다.

"고마워."

키리코는 이쪽을 쳐다보지도 않고 답례 인사를 하고 손을 움직여 샌드위치를 뒤적거렸다. 잠시 비닐을 만지작거리는 소리가 나더니 불쑥 말했다.

"까 줘."

왜 그런 일까지 해 줘야 하지. 자신은 엄마가 아니다.

하지만 참았다.

"네."

작게 대답하고 비닐을 벗겨 종이 냅킨을 깔고 내밀었다. 키리코는 마지막까지 샌드위치를 시야에 넣지 않은 채로 흰 빵을 우물우물 소화기관으로 보냈다.

그의 눈 속에는 오로지 킨이치로뿐이었다.

주치의 일을 수락한 지 오늘로 일주일하고 사흘이다. 그사이에 재활과 식사, 배설 시간을 제외하면 그는 줄곧 킨이치로 옆에 붙어 있었다. 킨이치로가 자면 자신도 자거나 노트를 보며 골몰히 생각에 잠기고 킨이치로가 일어나 있으면 문진을 했다. 일어나 있는지 자는지 잘 알 수 없는 반각성과 같은 상태——킨이치로는 요즘 그럴 때가 많았다——일 때는 상태를 살피며 말을 걸거나 그의 혼잣말에 귀를 기울였다.

진구지는 킨이치로를 보았다.

상당히 야위었다. 아니, 원래 몸집이 작고 마른 사람이었다. 그를 크고 강한 사람으로 보이게 하던 것은 원장다운 태도였음이 충분히 이해되었다.

지금의 킨이치로는 온종일 멍하니 허공을 응시할 뿐이라 무슨 말을 듣더라도 대답하지 못한다. 이따금 반응을 보이고 무슨 말을 하기도 했지만 대부분이 맥락 없는 말이었다.

무엇보다도 기력이 빠지고 있었다. 처음에는 스스로 화장실에 가거나 식사를 하려고 애썼다. 잘되지 않으면 당황하고 화를 내기도 했다. 지금은 더는 그러지 않았다. 하지를 못했다. 배설은 기저귀로, 식사는 입에 넣어 주는 것을 반사적으로 삼킬 뿐이었다.

이렇게 되면 금방 쇠약해진다. 진구지는 경험으로 안다.

"어때요?"

상태를 살피며 키리코 옆의 의자에 앉았다.

"하루하루 악화되고 있어."

"저도 같은 의견이에요. 대화도 거의 할 수 없게 됐고요."

"다음 주에 또 CT를 찍을까 해."

"뭔가 알게 되면 좋겠네요."

킨이치로는 두 사람의 대화를 조용히 듣고 있었다.

"이건 뭐예요?"

키리코가 무릎 위에 올리고 있는 노트에 눈길이 갔다.

"나와 킨이치로 씨의 문진 기록이야."

펼쳐보자 몇 페이지에 걸쳐 글씨가 적혀 있었다.

"상당히 기네요."

"그래도 요점만 정리한 거야."

글씨는 지저분했지만 어떻게든 읽을 수 있었다.

『·골프 권유를 거절하다(토쿠시마 씨의). ·아내의 음식은 양식은 맛있지만 일식은 그저 그렇다. ·연말에 장인, 장모와의 식사는 중화요리였다. ·맞선 날에는 비가 왔다. ·차를 사려고 했지만 잘 모르기 때문에 후배인 우치다와 함께 갔다. 두 번째 가게에서 결정했다(우치다의 의견은 거절했다).』

"이게 뭐예요?"

"물어보면 옛날 일을 얘기해 줘. 내용은 그때마다 다르고 띄엄 띄엄한 데다 어디까지가 맞는지도 알 수 없지만. 다만 이렇게 메 모를 해 나가면 시간 순서에 따라 정리할 수 있다는 걸 알게 됐 어. 이야기를 할 때마다 직소 퍼즐 조각을 받아서 노트를 다시 보 면서 맞춰가는 작업이야."

"그게 아니라요. 이런 추억 이야기는 아무런 도움도 되지 않잖 아요. 치료 의향을 묻는 게 목적이 아니었어요?"

"그렇지. 아니, 매번 치료 방침을 물어보고는 있어. 하지만 킨 이치로 씨가 응해 주질 않아. 결국 대화가 이어지는 건 이런 이야 기뿐이야. 그것도 킨이치로 씨가 나를 다른 사람으로 착각한 상 태로 겨우 들을 수 있는 정도야."

토쿠시마라는 선배나 부인으로 착각하는 경우가 많다고 키리 코가 덧붙였다. 진구지는 어이가 없어 눈을 감았다.

"그건 대화에 응해 주지 않는 게 아니라 이미 그런 대화가 불가 능한 거예요. 치매 때문에요."

"그럴지도 모르지."

키리코는 일어나서 기지개를 켜고 다시 앉았다. 그때 바로 옆 의 선반이 눈에 들어왔다. 거기에는 비슷한 노트가 이미 다섯 권 이나 쌓여 있었다.

"하지만 상당히 흥미로워. 킨이치로 씨가 말단이었을 때의 일

같은 것도 불쑥 가르쳐 주곤 하거든."

"이런 건 의사가 할 일이 아니에요."

진구지는 무심코 말하고 말았다.

"환자와 마주한다고 해도 이렇게까지 할 필요가 있을까요? 매번 이런 식으로 했다가는 일본의 의료 체계가 망가진다고요."

"의사가 어떻게 해야 한다는 문제가 아니야. 내가 해보고 싶을 뿐이지."

키리코의 표정은 태연했다.

"어째서요? 왜 키리코 선생님은 그렇게까지 하세요? 키리코 의원을 내팽개치고 종일 여기서 머물잖아요. 상대가 시치주지 병원의 원장 선생님이라서 그래요? 아니면 혹시 고집을 피우시는 거예요? 치매 환자를 어떻게 해서든 치료하고 싶어서요."

키리코는 그제야 처음으로 진구지를 보았다. 턱을 문지르며 "확실히 그렇긴 하네" 하고 스스로도 신기하다는 듯이 끄덕이고 눈을 이리저리 굴리며 골똘히 생각에 잠겼다.

"고집을 피우는 건 아니야……. 그래도 할 수 있는 건 할 생각이지만. 딱히 원장님이라서 그런 것도 아니고."

"그럼 이유가 뭐예요? 아무리 봐도 이번 환자를 특별 취급하는 것으로 보이는데요."

"후쿠하라가 부탁했으니까."

의외의 이유에 진구지는 순간 말문이 막혔다.

"키리코 선생님, 그럼……."

더 자세히 들으려고 했을 때였다. 킨이치로가 뭐라고 중얼중얼 말하기 시작했다. 키리코가 손으로 제지하자 진구지는 입을 다물었다.

수다는 끝이다.

노트를 손에 들고 몸을 내미는 키리코가 물병을 쓰러뜨리지 않도록 진구지는 슬며시 옆으로 치워 주었다.

"왜 잠자코 있었어?"

대기실에는 커다란 브라운관 텔레비전이 한 대 놓여 있었다. 특수촬영 히어로 방송이 나오고 있었다. 나쁜 짓을 꾸미는 괴수들의 웅웅거리는 목소리를 소파 위에서 누런 콧물을 늘어뜨린 아이가 멍하니 보고 있었다.

"일부러 숨긴 건 아니야. 그냥 정확히 알 때까지는 말하고 싶지 않았어."

"정확히 알 때까지라니 그게 언젠데? 왜 맨 먼저 나하고 의논하지 않았어? 그렇게 미덥지 못해? 나도 의사야. 아니면 외과의라 부인과는 모른다고 생각했어?"

"의사니까 그렇지!"

에리가 나보다 더 화난 목소리로 외쳤다. 눈에는 눈물을 그렁그렁 달고 나를 똑바로 노려보았다.

"의사니까…… 만약 의견이 다르면 난 당신한테 되받아칠 수가 없잖아. 그래서 먼저 이론으로 무장하고 싶었어."

다시 말해, 의견이 맞부딪칠 것이 전제에 깔려 있었다. 나는 쭈뼛쭈뼛 물었다.

"……결과는 어땠어?"

아무리 에리라도 순간 망설이는 기색이 보였지만 곧바로 얼굴을 들었다.

"자궁내막암이래."

오싹한 한기가 온몸으로 퍼져 나갔다. 온갖 생각이 머릿속을 헤집었다. 하필이면 악성종양이다. 그것도 이 젊은 나이에. 오진이 아닐까. 아니, 오리베 선생님이 체크했으니 오진일 리는 없다. 아아, 어째서 알아채지 못했을까, 생리가 종종 늦는다고 했었는데.

어떻게 되는 걸까.

에리를 잃으면 나는 어떻게 될까.

"얼마나 진행됐는지 들었어?"

"2기래."

나는 한숨을 쉬었다. 이마에 흐르는 식은땀을 닦았다. 언제나 에리가 다림질을 해 주는 손수건이 흠뻑 젖었다. 불행 중의 다행일까. 2기까지라면 아직 치료해서 나을 가능성이 높다. 다행이다.

거기까지 생각했을 때 에리가 하려는 말을 깨닫고 숨을 삼켰다.

"약속은 기억하고 있지?"

나를 보는 에리의 얼굴은 고요하고 잔잔했다.

"난 당신 아이를 낳을 거야."

잊었다고 잡아떼게 두지는 않겠다는 기백이 전해졌다.

"오리베 선생님은 뭐라고 하셨는데?"

"아직 시간이 있으니까 가족이랑 잘 의논해 보래."

"그거 말고. 자궁내막암 수술과 예후에 대해 제대로 설명을 들었느냐고 묻는 거야!"

"들었어. 전부 자세히 들었어."

나는 이를 갈았다. 무서웠다. 그렇지 않기를 바랐다. 어중간한 지식으로 고집을 부리는 것뿐이라 내가 설명하면 이해해 줄 거라는 희망적인 관측은 사라졌다.

에리는 진심으로 각오하고 낳겠다고 말했다.

자궁내막암은 자궁내막──말 그대로 자궁 안에 생기는 암이다. 원래는 태아가 깃들어야 할 안식의 장소에서 불룩한 암세포가 영양분을 빨아들여 점점 부풀어 오르고 있다고 생각하자 오싹했다.

암 치료는 단순하다. 암을 잘라내면 살 수 있고 잘라내지 않으면 목숨이 위험하다. 암세포는 하나라도 놓치면 거기서 새로 증식하기 때문에 빠짐없이 제거해야 한다. 따라서 상당히 진행된 자궁내막암의 경우 자궁을 통째로 적출하는 것이 이상적이다. 그럼으로써 완치되는 사람도 드물지 않다.

하지만 당연히 자궁을 떼내면 임신은 불가능하다.

아이를 낳지 못하게 된다.

자궁을 남겨두는 방향으로 수술하면 일반적으로 재발 확률이 훌쩍 뛰어오른다. 그리고 이 재발이 무섭다. 자궁내막암은 조용한 암이다. 재발해도 증상이 뚜렷하게 나타나지 않는 경우가 많고 깨달았을 때는 이미 손쓸 수 없게 되기 십상이다. 암은 처음에 숨통을 끊어 놓는 수밖에 없다. 재발로 암의 역습을 허용하면 남은 길은 후퇴밖에 없다. 나는 의사로서 뼈아플 만큼 그 사실을 잘 알고 있었다.

"안 돼. 목숨이 위험해."

나는 말했다.

즉, 이것은 선택이다. 자궁을 선택할 것인가 말 것인가. 태어날 아이의 목숨을 선택할 것인가, 아니면 에리의 목숨을 선택할 것인가. 어느 쪽을 고를지 둘 중 하나다.

"결혼할 때 말했잖아. 잊었어? 난 당신 아이를 낳을 거야. 그게 유일한 조건이었어."

"앞으로 임신할지 어떨지도 몰라. 불확실한 가능성 때문에 목숨을 내놓을 셈이야?"

"그렇게 치자면 재발할지 어떨지도 가능성일 뿐이잖아."

우리의 목소리는 점점 고함으로 바뀌어 갔다. 텔레비전을 보고 있던 아이는 이미 없었다.

"애를 못 낳는 부부도 있어. 우리도 그런 경우였다고 단념할 수는 없겠어?"

"바보 같은 소리 하지 마. 노력했지만 보답을 받지 못하는 거랑 처음부터 포기하는 건 전혀 달라."

"포기하는 게 아니야. 합리적인 판단을 하자는 거지."

"똑같아!"

에리는 눈을 붉히고 이를 드러내고 뜨거운 숨을 토했다. 서로를 응시하고 천천히 몸에서 힘을 뺐다. 이대로는 드잡이로 번진다. 분위기 파악 못하는 벽시계가 태평하게 오후 3시를 알리는 멜로디를 연주했다.

"……우리는 지금까지 잘해왔잖아."

얼굴을 감싸고 에리가 나지막이 말했다.

"결혼 생활을 잘해왔잖아. 이런 나와 그런 당신인데도 의외일 정도로 평화로웠어. 안 그래? 내 판단은 틀리지 않았잖아?"

"그렇기 때문이야. 지금 생활을 망가뜨리고 싶지 않아."

"아니야. 잘 지낸 건 토대에 그 약속이 있었기 때문이야. 아이를 낳지 않으면 난 망가질 거야. 내가 알아. 당신과의 사이도 틀림없이 이상해질 거야. 당신 아이를 낳고 당신이 달라지는 모습을 지켜보는 게 내 바람이니까."

"당신을 걱정해서 하는 말이야."

"난 죽어도 좋으니까, 아니, 죽고 싶지는 않지만 그래도 죽어도 좋으니 아이를 낳고 싶다는 말이야. 내가 걱정되면 그 소원을 이루지 못하는 것도 걱정해."

"말이 되는 소리를 해. 무책임하게 굴지 말고."

다시 말끝 하나하나 열기가 맺히고 불이 타오르려는 기색이 났다.

"그럼 에리, 만약 아이가 생기고 당신이 먼저 세상을 떴다고 생각해 봐."

만약의 경우를 입에 담는 것만으로도 마음이 삐걱대는 소리가 났다.

"그때는 어떡할 거야? 나랑 애만 덜렁 남게 되는데. 지금 상황은 알고 있잖아. 일은 점점 더 바빠지고 나는 기대를 받고 있어. 올해 안에 부원장이 될지도 몰라. 그런 내가 애를 키울 수 있을 것 같아?"

에리는 떨떠름한 표정을 지었다.

"힘들겠지."

"그럼 대답은 나왔잖아! 다른 방법을 생각해 보자. 입양을 하거나 방법은 얼마든지……."

"결국 당신은 일밖에 생각 못하는구나. 내 마음도, 내 생각도 전부 일 앞에서는 상관이 없다는 거야?"

에리의 목소리가 떨렸다.

"그래."

나는 딱 잘라 말했다. 차가운 시선이 꽂혔다.

"처음부터 그렇게 말했잖아. 난 돈을 버는 것 말고는 아무런 낙이 없는 남자야. 당신도 내 일을 빈틈없이 서포트해 주지 않으면 곤란해. 내 손발이 돼서 내 성공이 무엇보다 큰 행복이라고 생각해야 해. 제멋대로 구는 건 용납 못해."

내 목소리도 떨렸다. 이런 말을 하고 싶었던 것은 아니다. 하지만 해야 한다.

"자궁은 전부 적출해. 알았어?"

나는 단호하게 내뱉었다.

"오리베 선생님한테는 내가 말해 둘 테니까 당신은 택시 타고 돌아가."

아무튼 위협을 하든 어르든 이 수술은 반드시 전적출을 해야 한다. 나머지는 나중에 어떻게든 된다. 평생 동안 계속 사죄하면 된다. 아이는 입양하면 된다. 살아 있기만 하면 어떤 가능성이라도 남아 있기 때문이다.

하지만 죽으면 모두 끝이다.

나는 일어서서 에리에게 등을 돌렸다. 더는 이야기할 생각이 없다는 의사 표시였다.

등 뒤에서 신음 소리에 가까운 울음소리가 들렸다. 마음이 떨렸다.

그것은 틀림없는 절망의 소리였다.

"역시 좋은 가게를 알고 계시네요."

후쿠하라는 가게 안을 둘러보고 솔직하게 감탄했다. 옆에 앉은 니토베는 그렇지도 않다고 고개를 가로저었다.

"원장 선생님께서 자주 오시던 곳이에요. 접대할 때도 그렇고 개인적으로도요. 토쿠시마 선생님도 혼자 자주 마시러 오시곤 했기 때문에 마주치기도 했죠."

큰길에서 골목을 세 개나 들어가 겨우 찾아낸 가게는 그야말로 은둔처라고 할 만한 곳으로, 모르는 사람은 일단 찾아올 수도 없었다. 카운터석 네 개에 방이 하나 있는 작은 가게였지만 먼지 한 톨 없이 잘 손질된 실내와 격조 높은 소품에서 옷깃을 정돈하고 싶어질 만큼 고요함과 뼛속에서부터 밀려 올라오는 향수가 동시에 느껴졌다.

"후쿠하라 씨가 편찮으시다죠?"

전골의 거품을 걷어내던 가게 주인이 다정한 눈을 내리깔고 물었다. 흰 머리를 감싸고 있는 삼각건이 더운 김에 천천히 흔들렸다.

"그래도 이렇게 훌륭한 아드님을 두셔서 참 다행이에요."

"그렇고말고요. 마사카즈 선생은 외과의 에이스로서 이미 훌륭하게 병원을 이끌어 가고 있거든요. 나도 깜짝 놀랐어요. 암요."

니토베가 자랑인지 아첨인지 모를 말을 주절주절 늘어놓았다. 가게 주인은 미소를 지으며 가볍게 끄덕였다.

"그분은 가정사는 거의 말씀하지 않으셨으니까요."

옆에서 그릇을 준비하던 안주인이 혼잣말처럼 이야기했다.

얼마 지나지 않아 문이 열리고 오늘의 접대 상대가 나타났다.

"어이구, 니토베 선생, 이거 오랜만이야."

정치가답게 큼직한 체구에 목소리도 우렁찼다. 말할 때마다 두 툼한 입술이 실룩거렸다.

"아이고, 오치아이 선생님, 지난번에는 정말로 실례가 많았습니다. 갑자기 몸이 안 좋아지는 바람에, 몇 번이나 일정을 조정해 주셔서 정말로……."

"뭘 그런 거 가지고. 몸이 아픈데 어쩌겠어. 그보다 후쿠하라는 괜찮은가?"

니토베가 이쪽을 흘깃 보았다. 후쿠하라는 가볍게 인사를 하고 입을 열었다.

"생명에는 지장이 없습니다. 하지만 한동안 바깥일을 하기는 어려울 듯합니다."

"그런가. 건강 잘 챙기라고 전해 주게. 니토베 선생, 이쪽이 그 친구야?"

"네, 맞습니다. 원장 선생님의 외아들인 마사카즈예요. 오늘은 지난번 일도 사죄드릴 겸 꼭 인사를 하게 해 달라고 해서 데리고 왔습니다."

"그래, 그렇군. 자, 앉아서 마시자고."

오치아이는 딱 봐도 비쌀 것 같은 재킷을 걸치고 있었지만 그 것을 거칠게 벗어 구석에 던졌다. 후쿠하라는 문득 체격만큼 뚱뚱하지 않다고 느꼈다. 갈비뼈가 거의 도드라질 정도였다. 그리고 늘어진 피부와 살갗의 윤기를 보고 바로 알아챘다.

나이가 있으니 무언가 만성적인 질환을 앓고 있을 것이다.

"참 울적하다니까. 차례차례 쓰러지잖아. 오리베도 그렇고 우치다와 토쿠시마가 가더니 이번엔 후쿠하라까지. 봄에 이 가게에서 앞으로 몇 번이나 더 마실 수 있겠느냐는 이야기를 했는데 농담이 아니라니까."

오치아이는 팔을 무거운 듯 힘겹게 들고 어깨를 쓱 돌리며 안주인에게서 물수건을 받아들었다.

"오치아이 선생님도 혈압 조심하세요."

"그런 걸 신경 쓰면 맛있는 것도 못 먹잖아. 요새는 마누라가 저녁에 토마토샐러드 같은 걸 내놓는다니까. 드레싱도 없이. 주인장, 오늘은 소금 줄이지 말고 만들어줘."

"어휴, 이렇다니까. 난 몰라요."

안주인과 주인 그리고 오치아이가 주고받는 말을 들으며 후쿠하라는 속으로 생각했다. 오늘의 목적은 분명했다. 아버지가 돌아가신 뒤에도 조력을 받을 수 있도록 인맥이 넓은 오치아이의 마음에 쏙 드는 것이다. 비슷한 일을 아버지가 쓰러진 뒤로 니토베와 함께 몇 번이나 했고 의외로 자신이 술자리에서 잘 처신하는 특기가 있다는 것도 알았다.

하지만 가슴속의 술렁거림이 멈추지 않았다.

불안이나 긴장 때문이 아니다. 이것은 당혹감이다.

"토쿠시마 선생님은 마지막까지 술을 끊지 않으셨죠."

"녀석은 늠름했어. 맛있는 것을 끊느니 죽는 게 낫다고 했으니까. 하지만 주치의로 두고 싶지는 않아."

"수치나 약도 주먹구구식이던가요?"

"그건 괜찮은데 먼저 세상을 뜨는 주치의는 싫거든."

"그건 그렇네요."

니토베가 웃었다. 오치아이도 입을 크게 벌리고 있었다. 주인과 안주인은 조용히 미소를 지었다. 여기에는 후쿠하라가 모르는, 아버지가 지나오고 아버지가 쌓아 올린 시간이 남아 있었다.

"후쿠하라는 어차피 지나치게 무리해서 그렇게 됐겠지. 녀석은 일을 너무 많이 해. 나처럼 얼른 바깥 무대에서 은퇴하면 좋았을 텐데. 거기 아드님, 마실 줄 알지?"

오치아이가 술병을 불쑥 내밀었다. 후쿠하라는 감사히 술잔에 술을 받았다. 하지만 대화에 끼어들 틈은 없었다.

"그런데 후쿠하라는 진짜 술을 맛없게 마시는 남자였어."

"원장님은 술을 싫어하거든요. 그냥 자리에 맞춰 마시는 거죠."

"니토베 선생, 술을 잘 못한다는 건 알겠는데 싫어한다는 건 또 무슨 소리야?"

"맛은 좋다고 느끼는 것 같았어요. 끝나고 집에 가서 공부에 집중하지 못하게 되는 게 싫다고 했죠. 원장님이 스스로 술을 마시는 건 어지간히 안 좋은 일이 있었을 때뿐이었어요."

"좋게 말해서 병적이야. 뭐, 옛날부터 그랬지."

윤곽이 보였다. 지금까지는 아버지의 한쪽 면, 말하자면 그림자밖에 보이지 않았다. 하지만 그의 주변에 있던 사람이 보이고 그들의 눈을 통해 아버지를 봄으로써 입체적으로 떠올랐다.

후쿠하라는 어머니의 얼굴을 떠올렸다. 놀이공원에 갔을 때 눈앞에서 쓰러진 어머니. 아버지는 물론이고 의사에게도 버림받았지만 그래도 마지막까지 포기하지 않다가 세상을 뜬 어머니. 분해서 움켜쥐었던 주먹.

혼자서 먹던 쓸쓸했던 저녁 식사. 아버지와 어머니가 안 오는 학부모 참관일. 할머니와 둘이서만 갔던 동물원. 아버지 방에서 발견한 쫙쫙 찢어진 초상화……. 그런 온갖 일들을 떠올리며 아버지를 향한 마음에 변함이 없다는 것을 확인하려고 했다.

아니, 변할 리가 없었다.

새로운 면을 조금 본들 내 인식은 아무것도 변하지 않는다. 변할 수가 없다.

"하지만 후쿠하라니까 시치주지를 이렇게까지 키운 거야. 녀석을 선택한 건 병원을 위한 훌륭한 결단이었어."

차례차례 나오는 갯장어와 오이무침을 오치아이가 맛있다는 듯이 입에 쓸어 넣었다.

"원장 선거 때 오치아이 선생님이 후쿠하라 선생님을 밀면서 표를 굳혔다는 이야기는 들었어요."

"니토베 선생이 병원에 오기 전 이야긴데 잘 아네? 참, 아드님, 아버지는 여전히 침대에서 못 일어나시나?"

갑자기 말머리를 돌려 놀랐지만 후쿠하라는 평정을 가장하고 대답했다.

"보조가 있으면 걸을 수 있지만 판단력이 조금 떨어져 있습니다."

"노망이 났어?"

으득, 오이를 씹는 소리가 들렸다.

"그렇다면 사실대로 털어놔도 이젠 화도 못 내겠네. 게다가 생각해 보면 본인도 어렴풋이 알았을 거야. 가르쳐 주지. 그건 토쿠시마가 도망친 거야."

"네? 그게 무슨……?"

"니토베 선생도 토쿠시마의 성격은 잘 알잖아? 녀석은 원장 같은 걸 하고 싶어 하는 체질이 아니었거든. 그런데 가만히 있으면 떠밀려서 올라갈 것 같다길래 나랑 토쿠시마가 후쿠하라를 원장으로 앉히려고 꾸민 거지. 그뿐이야."

말문이 막힌 니토베를 보고 오치아이가 이상하다는 듯이 웃었다.

"토쿠시마가 일부러 자기의 나쁜 소문을 흘렸어. 난 친하게 지내는 젊은 의사들에게 말을 걸고 위쪽에도 좀 손을 썼지. 그게 다야. 간계라고 할 것도 없었어. 게다가 후쿠하라도 원장이 되고 싶어 했고. 서로 이해관계가 일치한 거지."

술잔을 든 손이 떨렸다. 후쿠하라는 그것을 숨기기 위해 단숨에 술을 입에 털어 넣었다. 몇 가지 이야기가 마음에 걸렸다. 새로운 이야기를 들을 때마다 기억 속에 있는 아버지의 형상에 피가 돌기 시작했다. 살아 움직이기 시작했다.

더는 아버지 이야기를 듣고 싶지 않다는 마음과 아버지에 대해 더 듣고 싶은 마음이 서로를 두려워하고 견제하면서 마음속에서 맞부딪쳤다.


술자리는 순조롭게 끝났다. 밤이 깊은 진보초 길로 비틀거리는 발걸음으로 옮기며 오치아이가 후쿠하라의 등을 탁 하고 두드렸다.

"똑바로 잘해, 아드님. 어려운 일이 있거든 나한테 말하고."

"감사합니다."

휴 하고 가슴을 쓸어내렸다. 처음의 목적은 대충 달성한 것 같았다. 술에 취하지는 않았지만 묵직한 것이 가슴속을 짓누르는 기분이 들어 후쿠하라는 밤공기를 최대한 크게 빨아들였다.

운전수가 검은 벤츠를 댔다. 오치아이는 안에 타면서 말하는 것을 깜박했다는 듯이 후쿠하라를 보았다.

"아버지한테 감사하고 효도해."

"네."

갑작스러워서였는지 아니면 그런 마음이 조금도 없었던 탓인지, 대답은 건조했다. 오치아이도 그것을 알아챘는지 마지막에 불쑥 중얼거렸다.

"낳아 준 것만으로, 그냥 그것만으로도 자식은 부모한테 고마 위해야 해. 그것 말고는 아무것도 못 받았다고 하더라도 말이야. 원래 그런 거야."

"네."

멍청하기 짝이 없는 소리다.

수많은 브레이크등 사이로 사라져 가는 오치아이의 차를 배웅하며 후쿠하라는 속으로 욕지기를 내뱉었다.

요 며칠은 맑았지만 오늘은 밤부터 비가 내리기 시작했다. 후드득후드득 나뭇잎을 흔드는 소리가 옅은 잠에서 키리코를 불러들였다. 희미한 허리 통증에 얼굴을 찡그리며 몸을 일으켰을 때 문득 키리코는 눈을 깜박였다. 무언가가 일어날 예감이 들었다.

조금 떨어진 의자에서 진구지도 팔짱을 끼고 선잠을 자고 있었다. 그런데도 키리코의 귀는 부스럭부스럭 어설프게 움직이는 기척을 잡아냈다.

나는 내과의국 문 앞까지 와서 우두커니 서 있었다. 때때로 의사와 간호사가 이상하다는 눈길을 던지며 지나갔다. 이마에서 땀이 줄줄 흘러 눈꺼풀 위에서 고였다. 손으로 닦자 젖은 머리칼이

만져졌다. 마치 샤워라도 한 것처럼 나는 온몸에서 땀을 흘리고 있었다.

비틀거리며 복도 끝으로 다가가 벽에 등을 기댔다.

조금 진정하자.

나는 눈을 감고 의사 가운 위로 가슴에 손을 댔다. 심장이 벌렁벌렁 뛰었다. 화이트보드를 보자 오리베 칸에 재국(在局) 중을 의미하는 자석이 얌전히 붙어 있었다. 안으로 들어가 오리베 선생님을 불러 에리의 수술은 자궁전적출술을 해 달라고 말하기만 하면 그만이었다.

하지만 도저히 그 한 걸음이 떨어지지 않았다.

언제나 아무렇지도 않게 성큼성큼 넘어 들어가는 의국실의 경계가 아득한 절벽 같고 문은 무거운 쇳덩이 같았다. 에리의 희망을 뭉개버리는 일이니 어느 정도 죄책감이 드는 것은 당연하지만 이 거부감은 대체 뭘까. 나답지 않다.

숨을 천천히 내뱉고 한 번 더 들이마셨다. 그 동작을 몇 번인가 되풀이했다.

어둠 속에서는 상큼하게 터질 듯이 웃는 에리의 얼굴이 떠올랐고 나는 그저 그것을 멍하니 바라보았다.

에리는 언제나 웃고 있었다.

보고 있으면 나까지 무심코 미소가 떠오르는 그런 웃음이었다. 어디서나 웃었다. 찻집에서 웃었다. 노래방에서 웃었다. 놀이공원에서도 볼링장에서도 오락실에서도 친구네 홈 파티에서도 골프장에서도 극장에서도 영화관에서도 스키장에서도 슬롯머신 가게에서도 웃었다.

뭐가 재미있는지 알 수 없는 곳에 나를 데리고 가서는 뭐가 재미있는지 모르는 나까지 웃게 만들었다.

그렇다. 놀이공원의 음식은 비싸다.

제트코스터는 그다지 재미있지 않고 에리가 소리를 질러대서 시끄럽다. 볼링은 생각보다 적당히 던져도 좋은 점수가 나온다. 노래방은 스스로는 잘 불렀다고 생각하는데 다른 사람이 듣기에는 그렇지도 않았나 보다. 연극에서 관객을 희롱하는 부분은 짜증나지만 무심코 웃음이 터져 나오는 부분이 있고, 골프는 의외로 초보자인 에리가 소질이 있고 연습을 많이 했을 토쿠시마 선배는 자세가 무척이나 엉거주춤했고, 슬롯머신을 하면 천 엔짜리 지폐가 순식간에 사라졌다.

집에서 공부를 했으면 좋았을 거라고 생각한 적도 있었다. 공부를 더 했더라면 더 빨리 외래 담당 일이 늘고 수술을 더 많이 맡아서 더 많은 증례(症例)를 가지고 더 혁신적인 치료법을 개발할 수 있었을지도 모른다. 그랬더라면 지금쯤 벌써 부장이 되었을지도 모른다.

돌이켜보면 몇 번이나 쓸데없는 일에 끌려다녔고 거기서 에리가 웃었다. 나도 웃었다. 그렇다. 나는 웃었다. 다른 사람도 아닌 내가 웃지 않았던가.

목구멍 안쪽이 떨렸다. 눈시울이 뜨거워졌다.

언제부터인가 에리와 함께 어딘가에 가는 것이 즐거움이 되었다. 이번에는 어떤 험한 꼴을 당할까, 어떤 시시한 일을 같이 하게 될까. 예물 교환. 결혼. 피로연. 돈만 들고 가치가 있는지도 모를 의식. 임신. 출산. 아이와의 생활. 둘이서 충분히 행복한데도 새로운 생명체를 맞이하고 일부러 성기신 책임을 떠안는다.

미지를 향해, 쓸모없는 일을 향해 나아가고 지치고, 그리고 웃는다.

나는 가슴을 부여잡고 피부가 뜯겨 나갈 정도로 힘을 주었다.

이 가슴의 통증도.

다리는 여전히 한 걸음도 움직이지 않았다. 무릎이 힘없이 떨렸다.

이 갈등도.

눈꺼풀 뒤에서 에리가 장난스러운 얼굴로 계속 웃었다.

전부 에리가 가르쳐 주었다.

실이 끊겨 허공을 떠돌던 나를 에리가 주워 올려 마치 마법처럼 세계의 조각으로 끼워 넣었다. 내 시간이 움직이기 시작하고 피에 온기가 감돌았다.

아이가 생기면 바뀔 거라고 했지? 웃기지 마. 이미 오래전에 바뀌었어. 예전의 내가 아니야. 이 이상 나를 어떻게 할 셈이야.

눈을 떴다. 흰 복도가 갑자기 시야에 뛰어 들어왔다. 거기에 물방울이 떨어지는 것을 보았다. 비가 내리고 있었다. 창밖에서 나뭇잎이 후드득후드득 울리는 소리가 들렸다. 내 얼굴에서 내 발

밑으로 비가 뚝뚝 떨어졌다.

비가 오는 날이면 꼭 안 좋은 일이 일어난다.

받기 싫은 전화가 걸려 오고 누군가가 사라진다.

──기왕이면 싫어하기보다 어떡하면 좋아할 수 있을지를 궁리하는 쪽이 더 즐겁잖아.

나는 에리를 통해 세계와 이어져 있다. 에리를 잃으면 또다시 외톨이가 되어 우주의 어둠을 떠돌 뿐이다. 어떻게 해야 좋을지 모르겠다. 이 세계에서 무엇을 하며 어떻게 지내야 좋을지 전혀 모르겠다.

──그럼, 평소에는 절대로 하지 않을 일을 해보자. 그런 데에 의외로 재미있는 일이 잠들어 있거든.

땅이 젖는 기척과 진흙 냄새가 난다. 비라는 존재는 실내에 있어도 흘러들어온다. 내 주변을 둘러싸고 집요하게 달라붙어 떨어지지 않는다.

──정원으로 나가서 산책할래?

조용히 손이 다가왔다. 다정하고 따뜻한 손이라고 잡기 전부터 알았다. 나는 그 손을 향해 가만히 내 손가락을 뻗었다. 손끝에 닿은 손잡이를 돌리고 빨려 들어가듯이 한 걸음 내딛었다.

"키리코 선생님."

진구지가 불안스레 키리코를 보았다. 키리코는 고개를 끄덕이고 정면을 바라보며 간호사를 손으로 가만히 저지했다. 지금 그의 행동을 막아서는 안 된다고 직감이 경고하고 있었다.

언제든지 몸을 받칠 수 있도록 진구지가 옆에서 준비하고 있었다. 키리코는 그저 상대의 모습을 바라보았다. 운동장애와 시각장애 때문인지 발이 부들부들 떨리고 금방이라도 비틀거리며 쓰러질 듯하면서도 킨이치로가 침대에서 내려와 서 있었다.

요즘 들어 기력이 전혀 나지 않는지 일어선 것도 며칠 만이었다. 치매로 인한 우울 증상이 심해져 있을 것이다.

그렇던 그가 눈에 핏발을 세우고 결의에 찬 표정으로 눈앞에 떡 버티고 서 있었다. 말을 걸기조차 저어될 만큼의 기백이 느껴졌다.

다음에 무슨 일이 일어날지, 진구지와 키리코는 숨을 죽이고 기다렸다.

"오리베 선생님."

분명한 말투로 킨이치로가 말했다.

"집사람의 치료 방침 말인데요."

맹금류와 같은 눈은 키리코를 주시하며 한순간도 떨어지지 않았다. 입술이 떨릴 때마다 희고 꺼끌꺼끌한 수염이 흔들렸다.

기묘했다. 킨이치로는 무언가를 두려워하는 것처럼 보였다. 하지만 한편으로는 한때의 위엄도 깃들어 있었다. 겁먹고 떨면서도 한 마디 한 마디 말을 쥐어짜냈다.

"자궁은……."

킨이치로의 눈에서 눈물이 주루룩 흘렀다.

"꼭 남겨 주세요."

뜨거운 눈물이 주룩주룩, 휑뎅그렁한 특별실에 떨어졌다. 그 소리는 밖에서 쏟아지는 빗소리보다도 훨씬 선명하게 들렸다.

잘 부탁드립니다.

킨이치로는 만족스럽게 움직이지도 않는 몸으로, 뼈와 가죽만 남은 앙상하고 쇠약한 팔다리로 몸이 기역자가 되도록 머리를 숙였다. 수십 초 정도 충분히 그 자세를 유지한 다음 갑자기 허물어지듯이 눈을 감고 쓰러졌다.

순간 진구지가 옆에서 튀어나와 몸을 받치고 키리코도 그를 부축했다. 양팔에 뛰어 들어오다시피 안긴 킨이치로는 기세가 붙어 있었음에도 놀랄 만큼 가벼웠다.

그는 눈을 감고 얕게 숨을 쉬고 있었다. 얼굴에는 눈물 자국이 남아 있고 이는 꽉 악물고 있었다.

이래서야 "선생님, 요즘 얼굴이 무서워요" 같은 말을 들을 만도 하다.

후쿠하라는 직원용 화장실에서 거울을 통해 자신의 미간에 새겨진 주름을 바라보았다. 어린애한테 지적을 받다니 스스로가 한

심했다.

손가락으로 피부를 꾹꾹 눌러 편 다음 이를 드러내고 웃는 얼굴을 지어 보았다. 다시 무표정으로 돌아갔다가 한 번 더 표정을 만들었다.

좋아, 괜찮다. 적어도 환자의 눈길이 닿는 곳에서는 유시해야 한다.

손과 얼굴을 씻고 화장실을 나와 부원장실로 향했다. 의식해서 웃는 얼굴을 만들어야 하다니 나답지 않다. 역시 피로가 쌓인 탓이다. 조금만 더 힘내면 된다.

스스로를 타이르고 있는데 복도 반대쪽에 사람이 보였다. 체격에 비해 큼직한 가운을 입은 남자가 부원장실 앞에 주저앉아 있었다.

녀석이 이쪽을 알아보고 일어나서 손을 들었다.

"후쿠하라."

"키리코……."

"잠깐 얘기 좀 할까?"

"그래. 일단 안으로 들어가자."

한숨을 쉬며 부원장실 문을 열었다. 조금 전에 지웠을 터인 주름이 미간에 다시 들러붙는 것을 느꼈다.


"원장님의 병증은 적어 놓은 대로야. 특히 우울 증상이 심해. 최근에는 재활도 못하고 있어."

후쿠하라는 키리코가 화면에 띄운 진료 기록을 슥 훑어보고는 바로 되돌려주었다.

"그러니까 계속 악화되고 있다는 거잖아. 치매에서는 드문 일도 아니지."

"자세히 안 봐도 돼? 그밖에도 원장님이 과거, 특히 결혼 당시의 일을 자주 이야기해서 그것도 포함해 따로 메모해 뒀어. 증상과 직접 관련은 없지만 가족으로서는 관심이 있을 것 같았거든."

키리코가 두툼한 노트를 내밀었지만 받아들 생각 따위는 없었다.

대답 대신 한 번 노려보고 후쿠하라는 물었다.

"그래서? 다른 용건은?"

"CT를 새로 찍었어."

키리코는 별다른 거부감 없이 노트를 겨드랑이에 끼더니 다시 화면을 불러냈다.

"내일이면 입원한 지 2주째야. 측두엽 전방의 혈종은 흡수되고 있지만 역시 뇌경색으로 보이는 병소가 아직도 보이지 않아. 측두엽 전체의 부기도 여전히 확인되고. 그렇다는 건⋯⋯."

"답답하네. 결론부터 말해."

"DSA를 해도 될까?"

후쿠하라는 순간 당황했지만 바로 의도를 이해했다.

"혈관조영을? 상당히 꼼꼼히 하는구나, 키리코."

"내가 보기엔 네가 너무 대충 하는 것 같은데?"

DSA——디지털감산혈관조영술(digital subtraction angiography)은 종횡무진으로 이어진 혈관의 모양을 조사하는 검사다. 겨드랑이나 서혜부를 절개해 동맥에 바늘을 찔러 넣어 조영제를 주입한다. 이 수용성 아이오딘은 심장 박동에 의해 혈액과 함께 뇌로 흘러들어가 혈관 속을 흘러 다닌다. 그것을 X선으로 촬영한다.

조영제를 주입한 뒤의 촬영 데이터에서 조영제 주입 전의 촬영 데이터를 컴퓨터로 제거함으로써 선명한 혈관 영상을 얻을 수 있다.

"하고 싶으면 해. 주치의는 너니까."

"침습성도 있는 큰 검사니까 가족의 허가를 받고 싶었어."

후쿠하라는 키리코의 얼굴을 흘깃 보았다. 고요한 눈에서 감정을 읽어낼 수는 없었다.

"검사를 해서 어쩔 셈이야?"

"모든 것은 진단 결과를 봐야 알겠지만 어쩌면 원장님을 치료할 방법이 남아 있을지도 몰라."

"하하, 가능성은 희박하다고 보는데?"

"그런데 검사 전에는 사전 설명서와 동의서에 사인을 받도록 되어 있는데 부원장인 너한테도 받아 놓는 게 좋을까?"

"아니. 그건 생략해도 돼."

알았어, 하고 키리코는 끄덕이더니 가지고 온 것을 정리해 일어섰다.

"허가해 줘서 고마워."

자리를 떠나려는 뒷모습을 향해 비꼬는 말 한 마디라도 하고 싶어서 후쿠하라가 입을 열었다.

"그 너구리 영감을 아주 자기 일처럼 헌신적으로 돌보는구나."

아주 잠깐, 키리코가 이쪽을 보았다. 투명하고 맑은, 마음을 꿰뚫어볼 것 같은 눈동자였다. 키리코가 나직하게 말했다.

"구할 수 있는 사람을 구하기 위해서라면 최선을 다할 거야."

후쿠하라는 팔짱을 낀 채로 말없이 배웅하는 것 말고는 아무것도 할 수 없었다.

"제법 추워졌네요, 키리코 선생님."

"병원 난방은 충분하다고 생각하지만 킨이치로 씨는 어떨까 모르겠네."

"일단 담요는 준비했어요."

"응, 고마워. 덮어 줘."

어딘가 멀리서 환상처럼 목소리가 들렸다. 옆집인지, 아니면 기억의 조각이 바람에 흔들리고 있는지 모르겠다. 나는 새까만 어둠 속에서 그저 생각에 잠겨 있었다. 따뜻했다. 몸이 부드럽고 따뜻한 것에 에워싸여 있었다.

한숨 소리가 들렸다. 내 한숨 소리도 들렸다.

비릿한 냄새가 났다. 살아 있는 것의 냄새로 꽃만큼 향긋하지는 않지만 훨씬 친근하고 그리운 냄새였다. 고통과 쾌락의 틈새와 같은 욕망이 얽힌 신음 소리가 바로 귓가에서 지나갔다.

"에리, 아파?"

나는 확인했다. 에리는 내 밑에서 고개를 살짝 가로저었다.

"상처는 어때?"

"괜찮아. 수술 후의 경과도 좋다고 하고, 선생님도 이제 해도 된다고 했으니까."

"그래도 무리하지 않는 게 좋아."

아기 새를 다루듯이 나는 신중하게 에리의 살결을 만졌다. 하반신은 여전히 요염했다. 적당한 윤기와 촉촉함이 가득한 피부 위를 손바닥이 미끄러져 갔다. 하지만 어느 부분에서 부르튼 것 같은 단층이 손끝에 닿았다. 애처로운 절개흔이었다. 에리의 몸에 칼이 닿았다고 생각하자 그것만으로도 목소리가 떨릴 것 같았다.

"괜찮아. 조금 위화감은 들지만. 그냥 긴장해서 그래. 천천히 해 줘."

"응."

"……무서워?"

"아니."

"아직도 내 안에 암세포가 있다고 생각해?"

"그러지 마."

"그런 내 안에 들어오는 게 무서워……?"

잠시 침묵만이 흘렀다. 시간이 멈춘 것 같은 어둠 속에서 에리가 대답을 기다리는 기척이 느껴졌다.

"그럴 리가 없잖아."

나는 오열을 억누르며 반박하는 것이 고작이었다. 진심이었다. 의심을 받았다는 것이 의외일 정도였다. 에리의 것이라면 암세포조차도 사랑스럽다. 잘 전할 수는 없었지만 어떻게 대답해야 에리를 안심시켜 줄 수 있을지 몰라서 안타까웠다.

"여보."

에리는 내 등에 가만히 팔을 둘렀다. 피부는 살결이 닿은 기쁨에 떨며 세포 하나하나가 스쳐가는 감촉을 반가워했다.

"약속을 지켜 줘서 고마워."

나는 눈을 크게 떴다. 에리의 얼굴은 보이지 않았다.

"그런 건 생기거든, 아니, 낳고 나서 말해."

"하긴."

쿡쿡 웃는 소리가 들렸다. 문득 대화가 끊긴 순간에 나는 가만히.

에리를 안았다.


끝난 뒤에 나른해져 있는 내게 에리가 말했다.

"우리 새로 약속할까?"

"뭔데?"

비논리적이고 아름다운 얕은 꿈이 반쯤 겹쳐진 의식 가운데,

마치 바닷속에서 듣는 음악처럼 에리의 목소리가 흘렀다.

"이건 정말로 만일의 경우가 생긴다면 말인데."

"응."

"당신은 꼭 재혼해."

썰물이 빠져나가듯이 꿈이 사라지고 나는 옆에 누운 에리를 보았다.

"지금 뭐라고 했어?"

"일도 육아도 혼자서는 힘들잖아. 나 때문에 당신이 힘든 건 싫어."

결혼 축의금으로 산 침대와 갈색 커튼, 그 너머의 별이 빛나는 밤하늘, 서재에서 흘러넘친 내 책이 쌓인 바닥. 특별할 것도 없는 침실. 일단 말을 꺼내면 듣지 않는 사람이다. 나는 한숨을 내쉬었다.

"알았어. 재혼한다고 약속할게. 하지만 대신 당신도 약속해."

나는 에리에게 단호하게 말했다.

"절대로 나보다 먼저 가지 마. 마지막까지 나랑 같이 살아. 알겠지?"

에리의 두 눈동자가 이어진 별처럼 빛나며 나를 보았다.

"……응. 약속할게."

좋아.

나는 에리의 몸을 끌어당겨 꽉 안았다. 부드러운 감촉을, 그 안에 있는 뼈의 느낌을, 그리고 분명한 온기를 붙잡아 내 체온을 나누어 주었다.

나를 세계와 이어 준 에리를 이번에는 내가 단단히, 이렇게 이어 놓겠어. 당신이 어딘가로 떠나가지 않도록.

굵은 회색 튜브가 뻗어 있다. 동맥이다. 무수히 갈라져 가는 모습은 무질서해 보이지만 전체를 보면 균일하게 퍼져 있고 이윽고 모든 줄기가 합쳐지며 심장으로 순환한다. 마치 분재 같은 아름다움과 생명력이 넘치는 완벽함을 가진 것이 혈관이다.

"뭔가 알아냈어요?"

진구지가 물었지만 키리코는 입을 다문 채 대답하지 않았다. 단지 눈을 부릅뜨고 혈관조영술 검사 결과를 확인했다.

키리코가 가만히 손을 들어 화면 일부를 가리켰다. 거기에는 진구지도 확실히 알 정도로 기묘한 모양이 찍혀 있었다.

"이게 뭐예요?"

마치 복잡하게 얽힌 전기 코드 같았다. 혈관을 나무줄기와 가지에 비유한다면 여기서는 가지가 휘고 뒤틀려 다른 가지와 얽히며 새집 비슷한 것을 만들고 있었다. 키리코는 화면을 확대해 각도를 바꾸어 확인했다.

"단락(shunt)이 생겼어."

키리코는 긴장한 목소리로 말했다.

"이게 동맥이고 이게 정맥이야. 심장에서 보낸 피는 원래는 이렇게 빙글 돌아서……."

키리코가 손가락으로 커다란 원을 휘익 그렸다.

"동맥에서 정맥으로 순환해."

동맥은 나가는 길이고 정맥은 돌아가는 길이다. 키리코는 두 개의 길 중간에 손끝으로 가로 선을 그어 보였다.

"하지만 어떤 원인으로 정상이 아닌 혈관이 생기면서 지름길이 생기고 말았어. 단락……, 동정맥루야. 이것 때문에 혈액이 목적지에 도달하기도 전에 지름길로 빠지면서 돌아오는 길로 흘러들어가고 있어. 새로운 지름길을 이용하는 녀석들 때문에 앞서 간 혈액이 돌아오지 못하게 되면서 혈관 안에서 역류했고. 앞으로 가지도 뒤로 가지도 못하고 꽉 막혀서 고인 거야."

"그럼 설마?"

"그래. 출혈의 원인은 이거였어. 그리고 단락이 아직 남아 있어. 또 언제 터져도 이상하지 않아."

키리코는 이마를 훔쳤다. 그로서는 드물게 땀을 흘리는 것 같았다.

"그럼 단락을 막으면 되지 않아요?"

"그렇긴 한데."

시원스럽지 않은 대답을 하며 키리코는 검사 결과를 구석구석까지 진지하게 살펴보았다.

"못하는 거예요? 머릿속이고 뇌 안이라서 역시 어려울까요?"

키리코는 팔짱을 끼고 잠시 생각에 잠겼다. 결국 녀석이 하기 나름일까. 그런 혼잣말이 들렸다.

"후쿠하라와 의논해 봐야겠어."

키리코는 일어서서 시계를 확인했다.

"잠시 킨이치로 씨를 부탁해."

"네."

그 말에 킨이치로의 상태를 보았다. 그는 살짝 세운 침대에 누워 무릎께를 보고 있었다. 깨어 있기는 한 것 같았다.

"슬슬 저녁이니까 불을 켤까?"

출입구 바로 앞에서 키리코가 물었다.

"그래요."

진구지가 대답하자 스위치를 눌렀다. 달칵 하는 소리가 나고 실내에 부드러운 빛이 가득 찼다.

순간 눈앞이 밝아져 나는 눈을 깜박였다.

"뭐야, 있었구나. 불도 안 켜고 뭐 해?"

돌아보자 에리가 방 입구에 서 있었다.

"벌써 시간이 이렇게 됐구나."

나는 시계를 확인했다. 상당히 오래 혼자 서 있었던 것 같았다.

"무슨 생각했어?"

에리가 가만히 다가와 뒤에서 안았다. 바깥 냄새가 나고 불룩 나온 배가 등에 닿았다.

"그냥……."

나는 다시금 실내를 둘러보았다. 거실은 마치 마법 세계처럼 알록달록했다. 아기 침대, 아기 목욕통, 인형과 그림책, 오십음도가 적힌 나무 블록, 새로 산 목욕 수건. 책과 음반은 가지런히 정리되어 있고 책상과 선반 모서리에는 스펀지로 된 충격흡수제가 붙어 있었다.

"잘할 수 있을지 생각했어? 괜찮아. 준비를 너무 많이 했을 정도니까. 게다가 난 살아 있는 걸 돌보는 데는 선수거든."

에리는 거실과 이어진 식당 쪽을 보았다. 거기에는 젖병이 늘어서 있고 소독 세정을 위한 양동이와 솔도 빠짐없이 준비되어 있었다.

에리가 가만히 침대로 다가가 선반 위에 뺨을 댔다.

"작은 베개에 작은 이불. 귀여워. 기대된다, 그렇지?"

에리의 가는 손가락이 침대 모빌의 스위치를 켰다. 모터가 회전하고 별 모양 장식과 반짝반짝 빛나는 구체가 어디선가 들어 본 오르골 음악에 맞춰 돌아가기 시작했다.

그것을 바라보다 보니 문득 언젠가 갔던 놀이공원이 떠올랐다.

"빨리 만나고 싶지?"

에리가 미소를 지으며 배를 문질렀다.

"무서워."

나는 나직하게 말했다. 에리가 가만히 나를 바라보았다.

"아무리 준비를 해도 무서워. 아니, 무서우니까 이것저것 쓸데없는 걸 사들이는 거야."

"뭐가 무서워? 오늘 검진에서도 순조롭다고 했는데."

"그건……."

무엇이 무서운지 알면 괴롭지 않을 것이다. 문제점을 알면 대처하면 그만이다. 병동에서 매일 하는 일이다.

"아빠가 될 수 있을지 어떨지 같은 거? 그건 신경 쓰지 않아도 된다고 했잖아. 내가 잘할 거니까. 살아 있는 동안은 말이지만."

농담처럼 말하는 에리에게 나는 소리쳤다.

"그러지 마!"

"……미안해."

에리는 미안한지 눈썹이 팔자로 축 쳐졌다.

"하지만 재발할 걱정은 없을 것 같아. 계속 진찰을 받았지만 지금은 아무것도 없으니까."

"그런 게 아니야."

나는 주먹을 꽉 쥐었다. 악문 이 사이로 숨이 새어나왔다.

"그래, 짊어지는 게 무서운 거야. 결혼하지 않았더라면 당신을 잃을 공포도 느끼지 않았을 거야. 자궁을 남기기로 결정했을 때도 정말로 두려웠어. 그런데도 내가 또 새로운 생명을 짊어지려 해."

에리는 말없이 나를 보았다.

"지금도 어머니가 돌아가시고 외톨이가 된 날이 떠올라. 외롭다거나 해서가 아니야. 사람 하나가 사라졌어. 숫자상으로는 그렇지만 사실은 달라. 온갖 물건에 어머니가 어려 있고 그것들이 단번에 사라졌어. 모든 것에서 조금씩 어머니가 사라지는 거야. 세계의 모든 것이 없어져. 나를 두고 가버렸어……. 하지만 누군가를 남겨 두고 가고 싶은 마음도 알아."

스스로도 지리멸렬하다고 생각하며 그저 말을 줄줄 쏟아냈다.

"요즘 아버지를 생각해."

"아버지는 집을 나가셨다고 했지?"

"내가 초등학교에 들어가기 조금 전에 갑자기 사라졌어."

그렇다. 나는 줄곧 아버지를 미워해왔다. 나와 어머니에게 고생만 시킨 이기적인 아버지다.

"솜씨 좋은 목공 장인이었대. 일이 살아가는 보람이었대. 그 아버지의 뒷모습이, 말없이 담담히 일에 매진하는 아버지 모습이 때때로 나와 겹쳐져."

아버지의 심정이 이해되었다. 아버지는 등에 짊어진 것이 무서웠던 게 아니었을까. 가족이며 자식이며 그런 것들이 자신 안으로 들어와 점점 커지는 것이 싫었던 게 아닐까.

"지킬 것이 생기면 무서워져. 자신이 변하고 말아. 일과 나밖에 없던 조용하던 세계에 있으면 편한데. 나는 내가 변해 가는 게 무서워. 당신 탓이야. 당신 때문에 이런 마음을 품게 된 거야."

거실이 파스텔컬러 공간으로 변하듯이. 조금씩, 하지만 무자비하게 사나운 기세로 침식되고 망가져 간다.

에리가 미소를 짓고 가만히 나를 만졌다.

"아니야. 되찾고 있는 거야."

부드럽게 손을 잡았다. 두 사람 몫의 심장이 바로 눈앞에서 박동하고 있었다.

"변해 가는 게 아니야. 돌아오는 거야. 당신이 한번 잃었던 가족이 다시 되살아나는 거야. 역시 내 생각이 맞았어."

시원스런 말투와 위에서 내려다보는 눈이다.

"틀림없이 당신이 그렇게 될 거라고 생각했어. 그런 당신을 보는 게 줄곧 즐거움이었어."

하지만 어째서인지 에리의 목소리를 듣고 있으면 안심이 된다.

거짓말처럼 공포가 사라지고 논리와 상관없이 이거면 충분하다고 느낀다.

나는 쓴웃음을 지었다.

"모든 게 계획대로라는 거야?"

"그럼. 그걸 이제야 알았어?"

손을 탁 놓고 에리는 오늘 저녁은 오므라이스, 같은 이상한 노래를 부르며 주방으로 갔다.

"이제 막 돌아왔잖아. 무리하지 마. 가끔은 내가 만들게."

"갑자기 무슨 바람이 불었어? 전에는 일 말고는 아무것도 할 생각이 없다고 했으면서."

"그런 소리나 하고 있을 수는 없잖아."

나는 반쯤 억지로 에리를 쫓아내고 주방으로 들어갔다. 거창한 요리는 만들지 못하지만 하숙을 하던 시절의 경험으로 프라이팬 정도는 다룰 줄 안다.

"앉아서 기다려. 영양가 많은 걸 만들어줄게."

"그럼 난 우리 아기 이름이라도 생각해 볼까? 카즈(和)라는 글자를 쓰고 싶어. 카즈히로나 카즈요시나."

"카즈코는 어때?"

앞치마를 두르고 냉장고에서 달걀과 채소를 꺼냈다.

"어떻게 딸이라고 확신해?"

"에리야말로 왜 남자애 이름만 생각해?"

"그야 그것밖에 생각할 마음이 안 드니까 그렇지. 내 마음이 그런 걸 보면 틀림없이 아들이야. 내기해도 좋아."

여전히 묘한 논리를 휘두르는 사람이다.

기름을 두르고 재료를 적당히 잘라 던져 넣었다. 아들이 태어날 거라니 상상할 수 없었다. 하지만 에리가 하는 말이니 그럴지도 모른다. 나는 눈을 내리깔고 요리하기 위해 손을 움직이는 일에 집중했다.

"또야? 이렇게 자꾸 아버지랑 엮이고 싶지 않아서 너한테 주치의를 맡긴 건 알고 있지?"

후쿠하라는 가운 주머니에 두 손을 찔러 넣은 채로 내뱉듯이 말했다. 긴 구름다리 창문으로 비쳐드는 저녁 해가 역광이 되어 상대의 윤곽을 검붉게 물들였다.

"꼭 의논하고 싶은 게 있어."

키리코가 나직이 말했다.

"너도 의사라면 적당히 해 줘. 편하게 가게 해 주면 된다고 했잖아."

떡 버티고 서서 대답했지만 상대는 한 걸음도 물러날 생각이 없어보였다.

"방법이 있을지도 몰라."

단호한 말에 순간 표정이 굳었다.

"무슨 뜻이야? 수명이 늘어난다든가 하는 얘기라면 필요 없어. 치매에 걸린 상태로 오래 살아 봐야 이쪽만 힘들 뿐이야."

"치매도 개선될 가능성이 있어."

무심코 인상을 찡그리며 눈을 가늘게 떴다.

진심인가. 그렇다면 골치 아파진다. 기껏 모든 게 잘 돌아가기 시작했는데. 이제 와서 원장이 복귀하다니 인정할 수 없다.

"일단 자세히 말해 봐."

그렇게 말하더니 후쿠하라는 평소와는 다른 방의 문을 열고 키리코를 불렀다.


"주인은 없지만 적당히 앉아."

들어간 곳은 원장실이었다. 비싸 보이는 테이블이 묵직하게 놓여 있고 주변을 소파가 에워싸고 있었다. 장식품으로서의 가치밖에 없을 것 같은 고서가 즐비한 데다 거대한 그림까지 걸려 있었다.

키리코는 멍하니 한번 둘러볼 뿐 기의 흥미가 없어 보였다.

"웃기지도 않은 방이지? 그랜드피아노까지 있어."

검은 천을 휙 걷어내자 검게 빛나는 피아노가 모습을 드러냈다. 건반 뚜껑을 열자 경첩이 삐걱거리는 소리가 났다.

"단골한테 받아서 그냥 둔 거래. 아버지는 피아노를 칠 줄 모르니까. 무용지물로 가득한 일그러진 방이야."

건반 덮개를 익숙한 동작으로 넘기더니 후쿠하라가 기다란 손가락을 건반 위로 스르륵 미끄러뜨렸다. 인사말로도 듣기 좋다고는 할 수 없는 음색이었다.

"몇 년이나 조율을 안 했으니 소리가 끔찍하지. 무슨 곡인지 알겠어?"

"글쎄."

키리코는 무뚝뚝하게 말하고 혼자서 소파에 앉았다.

피아노 소나타야, 하고 후쿠하라가 말했다. 차트를 봐 달라며 키리코가 노트북을 펼쳤다.

"혈관조영술로 단락을 발견했어."

인사도 대충 하고 본론으로 들어가는 키리코는 잡담에 응할 생각이 없는 것 같았다. 후쿠하라는 한숨을 쉬고 시간을 들여 대각

선 앞에 앉아 화면을 들여다보았다.

"병명은 경막동정맥루였어."

무심코 숨을 삼켰다. 키리코는 빠르게 덧붙였다.

"후두동맥에서 나온 경막지와 왼쪽 횡정맥동의 동정맥루야. 이것 때문에 S상 정맥동이 폐색을 일으켜 횡정맥동에서 혈액이 하문합정맥으로 역류했어. 혈액이 고여 측두엽 전방부에서 출혈한 것 같아."

"설명은 됐어. 보면 대충 아니까. 그러니까 치매가 동정맥루 때문에 생겼다고?"

"그래. 후쿠하라, 이건 낫는 치매잖아."

들을 것도 없었다.

치매에는 다양한 종류가 있지만 대부분이 악화되기만 하고 회복될 방법이 없다. 비율은 거의 90퍼센트다. 하지만 나머지 10퍼센트 정도의 경우에는 처치하면 극적으로 회복할 가능성도 있다.

뇌종양이나 돌발성 정상뇌압수두종, 혹은 갑상샘저하증 등이 해당하며 이번과 같은 경막동정맥루에서도 치매 개선의 사례가 보고되었다.

관자놀이에서 땀이 주르륵 흐르는 것이 느껴졌다. 키리코가 무자비한 말을 이었다.

"단락 혈관을 폐쇄하면 충분히 가능성이 있을 거야."

"자세한 데이터를 보여 줘."

노트북을 빼앗아 진료 기록을 노려보았다. 부정하고 싶었다.

인정하고 싶지 않았다. 무심코 목소리가 커졌다.

"혈관이 이렇게나 비틀려 있잖아. 절대로 불가능한 건 아니지만 여기까지 코일을 넣긴 힘들어."

"응, 카테터는 어렵겠지."

사타구니를 절개해 카테터(도관)를 넣어 이루어지는 수술을 색전술이라고 한다. 머나먼 뇌까지 관을 늘여 백금 코일 등을 단락에 채워 마개로 막는 것처럼 비정상적인 혈액의 흐름을 막는다.

"맞아. 동맥경화도 뚜렷해. 카테터가 거기까지 닿겠어? 무리야."

가망이 없다고 단념하는 후쿠하라에게 키리코가 조용한 목소리로 말했다.

"후쿠하라, 알고 있잖아?"

그다음 말은 듣고 싶지 않다.

"색전술은 힘들겠지만 개두술이라면 가능해. 실력 있는 뇌신경외과 의사만 있다면."

순간 침묵했다가 후쿠하라는 가만히 물었다.

"하라는 거야? 일흔이 넘은 아버지의 머리를 열어서 동정맥루를 제거하라고?"

"딱히 네가 하지 않아도 괜찮아. 수술 허가만 해 주면 돼."

자신의 얼굴이 창백하게 질리는 것이 느껴졌다. 동요를 숨기려고 그랬는지 후쿠하라는 무심코 일어섰다.

"치매가 어느 정도나 개선될지도 모르는 일이야. 얼마나 유지

될지도 몰라. 이건 효과 대비 위험 부담이 너무 높아."

"하지만 가능성은 있어. 마지막까지 포기하지 않는 게 네 신조 인 줄 알았는데?"

이 자식이.

후쿠하라는 이를 악물었다. 빠득 하는 소리가 귓속에 울렸다. 머리에 피가 치솟았다.

크게 팔을 벌리며 목소리를 높였다.

"내 리스크는 달라. 내가 찬성할 줄 알았어? 좋은 생각이니 얼 른 아버지를 치료하자고? 그럴 리가 없잖아. 조금만 있으면 이 방이 내 손안에 들어오는데!"

본심이 나오고 말았다.

밖으로 새어 나가지 않도록 새삼스럽지만 목소리를 낮추었다. 하지만 말은 멈추지 않았다.

"넌 농담이 잘 안 통하는 녀석이었지. 그럼 똑똑히 말해 주지. 아버지가 나으면 내가 곤란해."

키리코는 멍하니 후쿠하라의 얼굴을 응시했다. 아무런 말도 하 지 않고 그저 말이 끝나기를 기다렸다. 이런 태도를 보고 있으면 자신은 언제나 화가 치솟는다.

"난 그런 치료는 허가하지 않을 거야. 아무렴, 어림도 없지. 원 장대리로서도 가족으로서도 말이야. 내 허가가 없으면 넌 어떻게 도 움직일 수 없어."

자신의 말을 들으며 후쿠하라는 조금씩 냉정해졌다.

그렇다. 처음부터 결정권은 내게 있다. 키리코가 무슨 생각을 하든, 무슨 말을 하든 상관이 없다. 당황할 필요는 어디에도 없었다.

키리코가 나직이 말했다.

"역시 너한테는 원장이 되는 게 중요한 문제구나. 그게 아버지와 마지막으로 마주할 시간을 얻는 것보다 더 중요해?"

"아버지라고 해도 그저 호적상 부자지간일 뿐이야. 감사히 모든 것을 상속 받으면 충분해. 그 이상의 관계는 필요 없어."

후쿠하라가 당당하게 말했다.

"포기해, 키리코. 난 수술동의서에 사인하지 않을 거야."

하지만 키리코는 낙담하지 않았다.

"그렇구나. 알았어."

작게 끄덕이며 대답할 뿐이었다. 이렇게 되면 거꾸로 이쪽이 불안해진다.

"의외로 침착하구나. 그러고 보니 넌 아버지와 상당히 오래 이야기를 나눴지."

"그래. 많은 것을 알았어. 노트에 정리해 뒀는데 볼래?"

"또 그거야? 필요 없다고 했잖아."

내미는 노트를 옆으로 밀쳐 두고 후쿠하라가 몸을 내밀었다.

"설마 너, 아버지한테서 수술 동의를 받았다거나 하는 소리는 안 하겠지? 치매로 자기 나이도 모르는 사람의 동의 따위는 난 인정 못해."

"아니. 마지막까지 원장님과 정상적인 의사소통은 하지 못했어."

"흥, 그렇겠지."

후쿠하라는 털썩 소리가 나도록 의자에 앉았다. 양팔을 벌리고 다리를 꼬았다. 결국 아무것도 바뀌지 않는다. 아버지는 세상을 뜨고 아들이 뒤를 잇는다. 아름다운 시나리오는 변경되지 않는다. 휴 하고 안심하고 있는데 문득 키리코의 조용한 눈동자가 느껴졌다.

"키리코?"

키리코의 눈에서 감정의 움직임이 보이지 않았다. 나는 지금 아버지를 죽게 내버려 두겠다고 했는데 주치의로서 그 결정을 힐난하는 기색도 없었다. 아니, 그렇기는커녕 그는━━.

"나는 어느 쪽이든 괜찮아. 네가 결정할 문제니까."

어떻게 된 거지.

"너, 설마?!"

"네가 바란다면 킨이치로 씨를 이대로 돌아가시게 둬도 돼. 물론 경막동정맥루에 관해서는……, 치료하면 나을 가능성이 있었다는 건 아무한테도 말하지 않을게. 네가 행복하다면 그걸로 충분하니까."

후쿠하라의 등줄기에 차가운 것이 훑고 지나갔다.

이 녀석은 다르다.

나와는 전혀 다른 생각으로 여기에 있고 나와는 전혀 다른 가

치관으로 말한다.

사신의 기척이 스쳐 지나갔다.

"최선은 다했어. 하지만 원장님의 의향은 확인하지 못했어. 이제는 그의 의향을 이러니저러니 생각해 봐야 의미가 없어. 구할 수 있는 사람을 구하기 위해 온 힘을 다할 뿐이야."

"키리코, 네가 말하는 '구할 수 있는 사람'이 누구야?"

목소리가 떨렸다. 키리코는 대수롭지 않게 대답했다.

"그건 너야, 후쿠하라."

벼락을 맞은 것처럼 후쿠하라는 그 자리에 얼어붙었다.

"너, 너는, 나를……!"

말이 나오지 않았다. 나는 아버지를 키리코에게 떠넘겨 두 사람에게 복수하려고 했다. 아버지는 비참한 죽음을 맞이하고, 키리코는 실컷 고민하면 그걸로 충분하다고 생각했다. 하지만 나는 나도 모르는 사이에 키리코를 나와 비슷한 사람이라고 단정하고 있었다. 그가 얼마나 이단인지 잘 안다고 생각했는데. 아니, 역시 다 이해하지 못한 것이다.

키리코의 목소리가 들렸다.

"원장님을 어떻게 하든, 네 바람을 최우선으로 고려해야 한다고 생각해. 삶과 죽음을 어떻게 다룰지는 환자의 바람이 전부니까."

"마치 내 주치의처럼 말하는구나."

"그런 생각으로 해왔어. 환자와 환자의 가족을 마주하는 것이 주치의잖아?"

그렇구나. 키리코는 내가 전화로 의뢰를 했을 때부터 주치의였던 것이다. 아버지만이 아니라 나까지도.

"가족이 바라기만 하면 구할 방법이 있어도 쓰지 않고 못 본 척하겠다는 뜻이야? 키리코 의원의 선생님은 피도 눈물도 없군."

애매하게 엷은 웃음을 지었다. 키리코는 담담하게 말했다.

"못 본 척 해? 죽어가는 환자에게 우리는 언제나 그렇게 하잖아. 이제 와서 이러쿵저러쿵하며 더 고민할 것도 없어. 한정된 방법 속에서 행복해질 수 있는 사람을 행복하게 한다, 그게 합리적인 판단이야. 알겠어? 원장님은 이제 스스로 살아갈 의사를 자아내지 못하는 존재가 됐어. 그렇다면 하다못해 누군가를 구하기 위해 그를 '이용'해야 하지 않겠어? 쓸 수 있는 건 쓸모가 있을 때 써야지."

후쿠하라는 영락없는 악마라고 생각했다. 분노가 마음속에서 고동치며 뿜어져 나왔다. 이 자식이 의사 가운을 입고 있는 것이 용서되지 않았다. 하지만 그런 키리코는 천사이기도 했다. 후쿠하라가 바라는 미래를 위해 공범이 되겠다고 했다.

"널 구할 수 있다면 원장님도 만족하실 거야."

"헛소리하지 마!"

방금 전까지의 자신과 모순된다는 것을 알면서도 억누를 수 없었다. 후쿠하라의 정의감이 엄니를 드러냈다.

"그게 네가 말하는 대의야?! 사람을 물건 취급하다니. 아버지의 의사를 확인할 방법이 없다고 네 입으로 말했잖아. 나한테 원장 자리를 빼앗기는 게 아버지가 바라던 바라니, 네가 그걸 어떻게 알아!"

버럭 소리치자 키리코는 잠시 생각에 잠겼다.

"물론 거기에 추측이 들어간 건 부정하지 않아. 그러니 최종적으로는 내 믿음에 기인하겠지. 미안하지만 나를 주치의로 고른 시점에서 그 부분은 포기해 줘야 해."

"믿음이라고? 넌 의사로서 뭘 믿는다는 거야? 말해봐."

"간단해."

키리코는 평온하게 입을 열었다.

"모든 사람은 구원 받기 위해 태어나. 그리고 모든 사람은 누군가를 구원하기 위해 태어나."

키리코는 가볍게 고개를 갸웃거리고 색소가 옅은 머리카락을 쓸어 올리며 담담하게 말했다.

"너도, 킨이치로 씨도, 나도, 누구나…… 그렇지 않을까? 거기에 의사와 환자의 구분은 없어. 단지 사람과 사람, 그리고 사람 안에 숨어 있는 희망이 있을 뿐이야."

침묵이 널찍한 원장실 안을 지배했다.

무슨 말로든 응수해야 했고 몹시 반박하고 싶었지만 후쿠하라는 아무 말도 하지 못했다. 키리코 앞에서 입을 다물고 있는 자신이 매우 분했다.

애초에 왜 자신이 말문이 막혔는지조차 알지 못했다.

그래, 아버지는 조용히 가시게 두자. 그렇게 말하면 그만인 것을. 여기서 키리코와 다툰들 무슨 의미가 있단 말인가.

왜 나는——.

키리코는 후쿠하라가 말하기를 기다리고 있었다. 재촉하지도 않고 후쿠하라에게 눈길을 주지도 않았다. 그저 색소가 옅은 머리카락을 손가락으로 빙글빙글 만지작거리며 넓은 창문 너머의 석양을, 뜬금없는 그랜드피아노 위로 가라앉으려 하는 태양을 바라보고 있었다.

오싹하도록 짙은 붉은색이었다.


"머리를 좀 정리하고 싶으니 혼자 있게 해 줘."

후쿠하라는 긴 시간을 들여 그렇게 말하는 것이 고작이었다. 키리코는 고개를 끄덕이더니 커다란 몸을 구부려 머리를 감싸고 있는 후쿠하라를 남겨두고 거의 발소리도 내지 않고 방에서 나갔다.

문득 후쿠하라는 테이블 위에 노트북과 노트가 남겨져 있음을 알아챘다.

키리코 자식, 중요한 업무 도구를 잊어버리고 갔잖아.

그것들을 가만히 손에 들었다. 차트를 열어 혈관조영 영상을 바라보자 마음이 차분해졌다. 이상하게도 검사 결과의 주인이 누구인지 한동안 생각도 하지 않았다. 그저 의사로서 이런 경우는 어떤 처치를 할 수 있을까 하고 평소처럼 생각을 정리만 해도 시름이 잊혀졌다.

후쿠하라는 일을 통해 마음이 안정된다는 느낌을 처음으로 똑똑히 자각했다.

나도 아버지처럼 계속 일을 해야 하는 망가진 인간일지도 모른다.

혼자 조용히 생각에 잠기는 것은 내게 어울리지 않는다. 한손에 PHS를 들고 흰 병동을 종횡무진하고, 피가 튀는 수술실에서 메스를 휘두르고, 요란한 경고음이 울리는 가운데 최선책을 찾아 실행해 나간다. 그런 도박장이 내가 사는 곳이다.

이런 상황은 나답지 않다.

이번에는 노트를 들었다. 치매 환자의 문진 노트. 무슨 내용이 적혀 있을까. 후쿠하라는 거의 기분이나 돌릴 생각으로 그것을 펼쳐 읽기 시작했다.

하이힐을 신고 달리기는 힘들었지만 그래도 진구지는 발끝에 신경을 집중해 밤거리를 달렸다. 주택가 한쪽으로 접어들어 지하로 향하는 계단을 내려갔다. 문을 벌컥 열기가 무섭게 말했다.

"역시 여기 있었군요."

바 안에는 후쿠하라 혼자 있었다. 마스터의 모습조차 보이지 않았다. 후쿠하라는 늘 앉는 자리에 앉아 위스키 병을 옆에 두고 혼자 마시고 있었다.

"오늘은 임시 휴업이야. 안내판이 걸려 있었을 텐데?"

커다란 등을 돌린 채로 후쿠하라가 말했다.

"왜 도망치는 거예요?"

진구지가 화를 억누르지 않고 말했다.

"혼자 있게 해 줘. 머릿속을 정리하고 싶으니까. 마스터는 이해해 줬어."

"헛소리하지 말아요."

거칠게 걸어가 후쿠하라 옆에 앉았다. 바닥에 깔린 융단 때문에 발소리가 크게 나지 않는 것이 답답했다.

"들었어요. 수술하지 않겠다고 키리코 선생님께 말했다면서요?"

"그렇게 말하진 않았어. 당분간 이대로 상태를 보고 싶다고 했지."

"뭐가 상태를 본다는 거예요? 왕진도, 아니 병문안도 거의 안 오면서. 그냥 시간이나 벌겠다는 거잖아요."

후쿠하라가 울적한 얼굴로 돌아보았다. 진구지는 술 냄새에 얼굴을 찡그렸다. 언제부터 마시고 있었을까.

"무슨 불만이라도 있어?"

"있어요. 키리코 선생님께 들었잖아요? 단락 폐쇄술을 하면 나을 가능성이 있다고요. 왜 안 하는 거예요? 언제 어느 때나 마지막까지 포기하지 않는 후쿠하라 선생님은 어디로 갔냐고요!"

후쿠하라는 대답 대신 술잔을 들이켰다. 안에 있는 짙은 노란색 알코올이 비추던 가게 안과 함께 왈칵 일렁였다.

"어떤 환자라도 살리기 위해 온 힘을 다하는 사람이었잖아요. 그 신념은 상대가 아버지라는 이유만으로 사라지는 수준이었어요?"

"몇 번을 말해야 알아! 그런 사람은 아버지가 아니야!"

커다란 주먹으로 카운터를 내려치자 술병이 흔들렸다. 진구지는 그 정도로 움츠러들지 않았다. 후쿠하라를 노려보고 이를 악물었다.

"겁쟁이야. 퍽이나 중대한 일인 것처럼 끙끙 앓기나 하고. 말해두지만 당신이 지금 술로 잊으려고 하는 건 별 대단한 것도 아니야. 덩치도 크고 오만한 주제에 근본은 변하질 않네."

진구지의 말투에서 존댓말이 사라졌다. 그것은 곧, 후쿠하라를 의사로서가 아니라 개인적인 지인으로 보고 있다는 뜻이었지만, 의도한 것은 아니었다.

"뭘 안다고 그래!"

"알지. 전부 다 알아."

"전부? 웃기지 마!"

"키리코 선생님의 노트 봤지?"

대답은 없었지만 침묵이 긍정을 표시했다.

"어머니와 아버지에 대해 알았잖아? 어머니는 당신이 태어나기 전에 자궁내막암에 걸렸지만 자궁을 적출하지 않고 남겼어.

아버지는 그걸 반대했지만 마지막에는 어머니의 뜻을 들어 줬어. 뭘 위해서였겠어? 당신을 위해서잖아. 태어날 당신을 위해서 두 분이 위험 부담을 감수한 거야."

후쿠하라는 엎드린 채 아무런 대답도 하지 않았다.

"물론 당신은 어렸을 때 어머니가 병에 걸려 외로웠을지도 몰라. 하지만 그건 자궁내막암이 재발해서 그런 거였어. 처음부터 전부 적출했더라면 그럴 일은 없었겠지. 외로움조차 느끼지 못했을 거야. 태어나지 않았다면 여기에 없었으니까."

"시끄러워."

목소리에 힘이 들어가지 않았다. 진구지는 아주 조금 목소리를 낮췄다.

"……아버지야. 원장님은 서툴지만 틀림없이 아버지였어."

"아니야."

"아니지 않아. 생각해 봐. 원장님 입장에서 보면 당신은 원수야. 당신만 없었더라면 아내를 잃지도 않았을 테니까."

후쿠하라가 눈을 번쩍 떴다. 숨결이 떨렸다.

"하지만 원장님은 그런 당신한테 어떻게 했어? 훌륭한 의사가 될 때까지 키워 줬잖아. 틀림없이 괴로웠을 거야. 끝까지 반대했더라면 좋았을 거라고 후회도 했을 테고, 그럼에도 현실을 부정할 수는 없었겠지. 일로 도망치는 수밖에 없었다고 하더라도 이상할 게 없어."

"그럼 그 그림은 뭐야? 쓰레기통에 찢어 버린 그 그림은!"

후쿠하라가 어린애처럼 소리를 질렀다. 진구지는 처음으로 본 후쿠하라의 비통한 표정에 순간 놀랐지만 조용히 표현을 고르며 그를 얼렀다.

"그림 이야기는 자세한 내용까진 모르지만, 당신이 그린 그림이 버려져 있었구나."

"……박박 찢겨 있었어! 증오가 고스란히 느껴질 만큼……."

그의 어깨에 손을 올리고 체온을 느꼈다.

"무슨 이유가 있든 그런 사람을 아버지라고 생각할 수 있겠어?!"

"쓰레기는 매일 모아 버렸던 거지?"

"……그래. 기본적으로는."

"그렇다면 그날까지는 그림을 소중하게 보관했다는 뜻 아니야?"

"보관……했다고?"

후쿠하라가 눈을 깜빡였다.

"그렇잖아. 그림을 받자마자 바로 찢은 게 아니라면 아버지는 그 그림을 보관하고 계셨던 거야."

"설마, 아니, 그럴 리가 없어!"

"그림이 찢겨진 날 무슨 일이 있었어? 아버지한테 무척 괴로운 일이 있어서 순간의 감정을 도저히 억누르지 못해 찢은 게 아닐까?"

"무슨 일이, 무슨 일이 있었냐고? 그날, 난…… 초등학생이었어. 초등학생이고 집을 보고 있었어."

머리를 싸매고 술 냄새를 풀풀 풍기며, 후쿠하라는 필사적으로 과거를 떠올렸다.

"저녁으로, 도시락을 먹었어. 그리고 말했어. 놀이공원에 가고 싶다고. 그래, 츠나 놀이공원이야. 그랬더니 엄마가 죽는다고 해서…… 난……."

진구지가 다정하게 끄덕였다.

"나는……, 난, 아버지에게, 엄마가 죽기를 바라느냐고, 그렇게……."

후쿠하라는 침묵했다. 주먹을 움켜쥐고 이를 악물고 떨고 있었다. 진구지는 아무 말도 하지 않았다. 아무 말도 하면 안 된다고 여자의 본능이 경고했다.

"아버지……."

한 방울, 술이 아닌 다른 액체가 카운터에 떨어지는 것을 본 것 같았다.

순간 후쿠하라가 일어섰다.

조금 전까지 풀죽어 있던 몸이 평소의 패기에 넘치는 모습으로 돌아와 있었다. 눈만은 빨갛게 물들고 주변에 주름이 생겼지만 눈빛은 날카롭게 빛났다.

아버지를 닮은 맹금류 같은 눈동자였다.

"병원으로 돌아가야겠어. 할 일이 생겼어."

"겨우 조금은 듬직해졌네요."

진구지가 살짝 비아냥거리는 말도 귀에 담지 않았다.

"넌 계속 마실 거면 원하는 만큼 마시다 가. 돈은 이미 냈으니까."

"아니, 됐어요. 조금 시간을 뒀다가 나도 바로 병원으로 돌아갈 거예요."

"마음대로 해."

코트를 걸치고 후쿠하라는 바를 뛰쳐나갔다.

그의 뒷모습을 보며 진구지는 생각했다.

후쿠하라 선생님은 아버지랑 똑같아요, 일이 없으면 불꽃이 꺼지는 점이며, 서투른 부분까지요.

"누가 부자지간이 아니랄까봐. 보관하던 그림을 찢어버리는 점이나……"

그가 두고 간 유리잔을 손톱 끝으로 튕겨 팅, 울렸다.

"사진을 아버지가 나온 부분만 뒤로 접어 장식하는 점이나, 그런 어중간한 점도 역시 유전일까."

의미도 없이 혼잣말을 중얼거리고 잠시 있다가 일어섰다.

킨이치로 씨의 상태를 살펴야 한다. 진구지는 하이힐 소리를 또각또각 울리며 바를 나가 택시를 잡았다.

거짓말처럼 망설임이 사라졌다. 몸을 둘러싸고 있던 안개가 날아가고 주변이 맑아진 것 같았다. 신비로운 감각이다. 머릿속에서 줄곧 걸리적거리던 가시가 빠지기가 무섭게 전보다도 몸에 힘이 넘쳐흐르는 듯했다.

질주하는 택시 안에서조차 후쿠하라는 애가 타는 느낌이었다. 초조하지는 않았다. 더 기다릴 수 없다는 마음이었다. 온몸에서 투지가 부글부글 끓어올랐다. 주먹을 꽉 쥐었다.

아버지. 역시 당신은 바보야. 그 정도로 괴로웠구나. 그럼 빨리 말했으면 좋았잖아. 어머니가 돌아가시고 유일하게 남은 가족이잖아. 아니면 내가 연약해 보였어?

난 강해졌어.

어떤 사람과도 마지막까지 마주할 수 있을 만큼 강한 의사가 됐어. 마지막까지 다정했던 어머니와 마지막까지 일에 몰두했던 당신이 그렇게 키웠잖아.

두고 봐. 내가 아버지를 고쳐줄게. 구해 줄게.

그리고 난 실력으로, 아버지를 포함한 모두에게 인정받으면서 원장이 될 거야.

기다려. 이대로 끝내지는 않을 거야.

아버지도 내 환자니까.

택시가 도착하자마자 만 엔짜리 지폐를 망설임 없이 내밀었다. 거스름돈도 영수증도 아무래도 좋았다. 택시에서 총알처럼 튀어나와 병원 입구를 향해 전력 질주했다.


앞서 한 말을 뒤집어 수술하겠다고 해도 키리코는 고개만 끄덕일 뿐, 이유는 물어보지 않았다. 유일하게 집도의만 확인했다.

"내가 집도할 거야."

"할 수 있겠어, 후쿠하라?"

"자신은 있어. 뇌신경외과 수련도 했으니까."

"그게 아니라, 가족이면 메스가 둔해진다고 하니까."

"아……, 그거? 조금 전까지는 둔해졌겠지만 지금은 괜찮아."

오히려 전에 없을 만큼 집중한 자신을 느꼈다.

"알았어. 조수는?"

키리코 자신은 어느 쪽이든 좋다고 말하고 싶은 듯이 후쿠하라를 보았다. 잠시 고민한 다음 확인했다.

"너, 준비는?"

"네가 수술을 하겠다고 결정할 경우도 생각해서 대강 공부는했어."

이 녀석이 하는 말이니 사실일 것이다. 무슨 일이든 소극적으로 말하는 사람이니 그가 말하는 대강은 신뢰할 수 있다.

"좋아, 수술실에 들어와 줘. 그밖에도 시치주지의 에이스를 몇명 부를 거야. 내가 한다고 하면 다들 따를 테니까."

"알았어. 언제 할 거야?"

"빨리 해야지. 언제 다음 출혈이 일어날지 모르니까."

후쿠하라는 시계를 보고 결단을 내렸다.

"내일 정오에."

시간이 얼마 남지 않았다. 키리코가 고개를 끄덕이고 손을 내밀었다.

"성공시키자."

말하지 않아도 알아. 후쿠하라는 그 손을 가볍게 치고 말했다.

"좀 자 둬."

평소처럼 일할 뿐이라고 스스로를 다스리기는 했지만 그날은 이유도 없이 안절부절못했다. 나는 차트 모서리에 손을 베고 링거 거치대를 뒤엎으며 평소에는 하지 않는 실수만 연발했다. 걸리적거리니까 구석에서 얌전히 있으라고 야단이나 맞는 형편이었다.

"아무리 너라도 진정이 안 되는 모양이구나?"

휴게실에서 토쿠시마 선배가 히죽거렸다.

"놀리지 마세요."

"오늘은 이만 퇴근해. 너 하나 없어도 우리가 어떻게든 하니까."

"아뇨. 차라리 일을 하는 게 나아요. 할 일이 없으면 뭘 어떡해야 좋을지 모르겠거든요."

"말은 그렇게 하지만 말이야."

그때 갑자기 젊은 의사 하나가 방으로 뛰어 들어왔다.

"아, 후쿠하라 선생님. 여기 계셨군요."

몸이 움츠러들었다. 드디어 그때가 왔구나.

"사모님이 방금 구급차로 실려 오셨어요. 아, 괜찮아요, 그런 표정 짓지 마세요. 별다른 이상은 없는 것 같으니까요. 몇 시간 지나면 분만실로 들어가실 것 같아요."

나는 휴 하고 가슴을 쓸어내렸다. 그렇다. 진통이 세게 오면 택시가 아니라 구급차를 부르라고 일러두었다.

"얼른 다녀와."

토쿠시마 선배가 나를 보고 말했다. 젊은 의사도 말했다.

"맞아요. 빨리 가 보세요. 산부인과는 서관 3층이에요."

"그래도요."

"뒷일은 우리가 다 해 놓을게. 빨리 가서 입회해. 앞으로의 부부 생활이 걸려 있으니까."

토쿠시마 선배가 씩 웃었다. 그가 하는 말이니 신빙성이 높다.

"알았어요."

나는 깊숙이 머리를 숙였다. 그런 다음 일어서서 가운을 벗어 개며 내달렸다. 심장이 두근두근 울렸다. 손끝이 떨려 힘이 들어가지 않았다. 어떤 수술을 앞두고도 이렇게 긴장한 적은 없었다.

에리, 힘내.

"후쿠하라, 일단 아버지께 집도의로서 인사하는 게 낫지 않을까?"

"그래야지."

나와 키리코는 복도를 걸으며 이야기를 주고받았다. 구름다리에는 비상등이 켜져 있었지만 주변이 밝아오고 있었다. 해 뜰 시간이 가까웠다. 니토베가 한밤중인데도 뛰어다녀 준 덕분에 직원들 준비는 어떻게든 시간에 맞추었다. 급한 수술이 이미 잡혀 있었기 때문에 시간은 이른 아침으로 앞당겼다.

천천히 복도를 걸으며 생각했다. 아버지에게 무슨 말을 하면 좋을까. 어떤 표정으로 대해야 할까. 살리겠다는 결심은 굳혔지만 그다음 일은 아직 정하지 못했다.

"실례합니다."

키리코가 말하고 특별실 문을 열었다. 안에 있던 진구지가 일어나서 우리를 맞이해 주었다.

아버지는 일어나 있었다.

아침 햇빛에 눈을 가늘게 뜨고 침대에 앉아 있었다. 상당히 오랜만에 보는 기분이 들었다.

나를 보더니 비틀비틀 고개를 들어 오히려 내가 안절부절못할 것 같은 움직임으로 손을 내밀었다.

"아버지."

무심코 달려갔지만 아버지는 떨리는 목소리로 말했다.

"모쪼록 잘 부탁드립니다, 선생님."

등 뒤의 키리코와 진구지를 돌아보았다. 진구지가 말없이 고개를 가로저었다. 모르는 것이다. 아버지는 이미 나를 알아보지 못했다.

"아버지, 괜찮아. 지금부터 수술할 거니까. 머릿속에 있는 나쁜 걸 꺼내줄게."

"네. 선생님만 믿겠습니다. 지는 이런 게 처음이라 어떡해야 좋을지 모르겠지만 말씀대로 따를 테니 잘 부탁드립니다."

"전신마취를 하니까 아버지는 자고 있으면 돼. 깼을 땐 다 끝나 있을 거니까. 기억 안 나? 아버지가 일부러 날 뇌신경외과 수술에 불러내서 단련시켜 줬잖아."

"아……, 네."

아버지의 눈은 텅 비어 나와 초점이 맞지 않았다. 어딘가 다른 세계를 보고 있는 것 같았다. 난감한 듯이 주변을 둘러보았다. 진구지가 작은 소리로 내게 말했다.

"후쿠하라 선생님, 환자를 너무 불안하게 만들지 마세요."

나도 알아.

"선생님, 부탁드립니다. 무사히 끝나도록 진심으로 잘 부탁드립니다."

"네, 킨이치로 씨. 물론이죠."

나는 평소에 환자를 대할 때처럼 똑바로 보며 존댓말로 대답했다.

"끝나면 또 이야기해요. 이것저것 하고 싶은 얘기가 많으니까요."

"네? 네, 잘 부탁드립니다."

"그럼 갈까요?"

나는 키리코에게 신호를 보냈다. 진구지가 환자 이송용 침대를 밀고 왔다.

아버지는 일련의 과정을 어쩐지 불안한 눈으로 바라보고 있었다.

산부인과 담당의는 처음 보는 사람이지만 신뢰가 가는 덩치 큰 젊은 남자였다.

"모쪼록 잘 부탁드립니다."

나는 깊숙이 머리를 숙였다.

"같은 병원에서 일하는 동료끼리 왜 그러세요. 그렇게 머리 숙이실 필요 없어요. 안 그러셔도 최선을 다할 테니까요."

"네. 선생님만 믿겠습니다. 저는 이런 게 처음이라 어떡해야 좋을지 모르겠지만 말씀대로 따를 테니 잘 부탁드립니다."

의사는 고개를 끄덕끄덕했다.

"입회를 원하신다고 하셨죠? 그럼 소독된 수술복과 마스크를 드릴 테니 착용하세요. 아, 같은 의사니까 이미 아시겠네. 하하하, 이거 어쩐지 어렵네요."

"아……, 네."

어쩐지 어려운 것은 이쪽도 마찬가지였지만 특별 취급을 받지 않는 쪽이 편했다. 나는 지금은 단지 한 남자로서 산부인과에 있을 셈이었고, 그러고 싶었다.

"선생님, 부탁드립니다. 무사히 끝나도록 진심으로 잘 부탁드립니다."

몸을 내미는 내게 상대가 부드럽게 대답했다.

"괜찮아요. 모든 게 순조로우니까요. 초산이라 시간은 좀 걸릴지도 몰라요."

그때 옆에서 간호사가 당황하며 들어왔다. 순간 나를 흘긋 보더니 의사에게 귓속말을 했다. 그의 표정이 바뀌었다.

"뭐라고? 벌써?"

"네, 서둘러 주세요."

"알았어, 바로 갈게. 후쿠하라 선생님."

여전히 웃는 얼굴이었지만 목소리에 긴박함이 어려 있었다.

"예정이 좀 바뀌었어요. 바로 출산할 것 같으니 부인은 곧 분만실로 들어가게 됩니다."

"네?"

잠깐 기다려. 머리가 사태를 따라가지 못했다.

"서둘러 수술복을 입고 제1분만실로 오세요. 저는 먼저 갈게요. 이따 봅시다."

"네, 잘 부탁드립니다."

의사는 내 말이 끝나기도 전에 일어서서 간호사에게 무언가 지시를 하고 방을 뛰쳐나갔다. 나는 내미는 수술복을 받으며 필사적으로 긴장을 견뎠다. 드디어 시작된다. 출산은 태어날 아이는 물론이고 모체에도 위험부담이 있다. 이제 와서 겁먹은들 방법이 없지만 무서웠다. 다리가 후들거렸다.

젠장, 왜 이렇게 무서운 일들만 자꾸 생기는 거야. 결혼한 뒤로 지금까지 줄곧 이런 식이다.

나는 탈의실에서 재빨리 옷을 입고 제1분만실로 향했다. 노크를 하자 간호사가 얼굴을 내밀고 바로 안으로 들여보내 주었다.

분만실의 빛이 나를 비추었다.

무영등 불빛에 순간 아버지가 눈을 가늘게 뜬 것 같았다.

"킨이치로 씨, 눈부시지 않으세요?"

성이 같은 점을 배려해서인지 마취과 의사는 환자를 이름으로 불렀다. 후쿠하라라고 불렸다면 나와 아버지가 같이 대답할 수도 있었다.

"네……, 저는 괜찮습니다."

아버지의 목소리는 약했지만 대답하는 내용은 분명했다. 때때로 치매가 아닌 듯한 기분이 들 정도였다. 나는 장갑을 확인하면서 말을 주고받는 모습을 바라보았다.

"그럼 마스크를 씌울게요."

"아, 저기요."

"네?"

"아내는 정말로 괜찮을까요?"

역시 기억장애를 일으키고 있었다. 상황을 올바르게 이해하지 못했다.

나는 아버지 옆으로 다가갔다. 어머니는 예전에 돌아가셨다고 분명히 말할까도 생각했지만 바로 그럴 마음이 사라졌다.

이송용 침대 위에 누워서 이쪽을 올려다보는 사람은 약하고 무력한 한 남자였다. 부자지간 같은 관계를 넘어 여기에는 환자와 의사만이 있었다.

"괜찮아. 나만 믿어."

깨닫고 보니 나는 그렇게 말하고 있었다.

당신이 단련시킨 아들이잖아. 실력이 얼마나 늘었는지 보여줄게.

나는 손을 펼쳤다가 꽉 쥐었다. 커다란 손가락과 손바닥. 어머니가 주신 살, 아버지가 주신 뼈. 육체는 내 생각대로 움직인다. 피아노를 치는 것처럼. 할 수 있다.

"마취 부탁드립니다."

내가 말하자 아버지 입에 투명한 마스크를 댔다. 아버지는 불안한 듯이 눈을 이리저리 굴렸지만 바로 눈꺼풀이 내려오며 약간의 틈만 남겨 놓고 닫혔다.

"좋아, 심전도."

수술복을 입은 키리코가 마스크 밑으로 말했다. 몇 사람이 아버지 주변을 둘러싸고 필요한 최소한의 움직임으로 옷을 벗겼다.
나는 팔짱을 끼고 가만히 기다렸다.

마음이 예민해져 집중하고 있다는 것을 스스로도 잘 알았다.
어떻게 자르고 어떻게 열지를 머릿속으로 명확하게 시뮬레이션
할 수 있다. 괜찮다. 문제없다. 상대가 가족이라는 이유로 동요
할 내가 아니다. 외과의의 피가 들끓을 정도다.

어깨가 노출되고 가슴이 드러났다.

배가 드러나고 사타구니가 보였다.

심전계를 옮겨왔다. 의료기구용 콘센트를 접속하고 스위치를
눌렀다.

"작동 OK입니다."

"작동 OK."

전극 코드를 쭉 뽑았다. 흉부유도. 직원이 알코올 솜을 꺼내 재
빨리 장착 부위를 소독 세정하고 전극을 붙였다.

V1 전극은 제4늑간 흉골 우연. V2 전극은 제4늑간 흉골 좌연.
V4 전극은 제5늑간 쇄골 중앙선. V3 전극은 V2와 V4의 중간 지
점. V5 전극은 제5늑간 전방 액와선……

"후쿠하라……?"

키리코가 나를 보았다.

뭐야, 하고 대답하지 못했다.

말을 하면 오열이 터져 나올 것 같았다.

수술실에 긴장이 감돌았다. 직원들이 모두 놀란 표정으로 나를

보고 있었다. 집도의인 내가 이러면 안 된다. 모두를 불안하게 만들 뿐이다. 하지만 아무리 해도 눈물이 멈추지 않았다.

아버지.

이렇게나 야위다니.

피부는 거무스름하고 건조하고 탄력이 없었다. 대신 축 늘어지고 주름투성이였다. 불거진 뼈는 금방이라도 툭 부러질 만큼 가늘고 근육이 심하게 쇠퇴해 있었다. 머리칼도 체모도 듬성듬성하고 흰 털이 궁상맞게 섞여 있었다.

어릴 때 본 아버지 모습이 선명하게 떠올랐다.

도시락을 사다 주었던 아버지. 놀이공원에서 짐을 들고 있던 아버지. 같이 제트코스터를 타던 아버지. 굵은 팔, 올려다봐야 하는 큰 키, 새카만 눈썹과 언짢아 보이던 얼굴. 이렇게 작지 않았던 아버지. 아버지, 그때 아버지는 어떤 마음으로 거기에 있었어? 어떤 심정으로 제트코스터에서 카메라를 든 어머니를 내려다봤어?

"키리코, 땀 좀 닦아 줘……."

누가 보더라도 땀이 아니었지만 나는 그렇게 말했다. 지금은 힘을 내야 한다. 다행히 키리코는 쓸데없는 말은 한 마디도 하지 않고 멀뚱히 서 있는 내 얼굴을 정성스럽게 닦아 주었다.

"할 수 있겠어?"

작은 목소리로 묻기에 고개를 딱 한 번 끄덕였다.

투지가 타올랐다. 그다지 애쓸 필요도 없이 내 안에서 불타올라 슬픔을 쫓아내고 다시 마음을 조용히 정돈해 갔다. 나를 먹이고 키우느라 아버지는 이렇게 됐다.

그러니까 내가 할 것이다.

숨을 크게 들이쉬고 천천히 내뱉었다.

전극은 이미 다 부착했고 심전도 모니터도 작동하고 있다. 직원들은 모두 제 위치에 섰고 진구지는 이미 스테인리스스틸 트레이에 손을 올려놓고 있었다.

모두가 나를 기다리고 있다.

"아버지, 시작할게."

나는 말했다. 목소리는 이미 떨리지 않았다.

수술이 끝나면 아버지와 대화를 하자. 딱히 감사 인사를 할 생각도 없고 이제 와서 원망할 마음도 없다. 그런 것은 아무래도 좋다. 그냥 남은 시간을 보내자. 어차피 쓰지 않을 거라면 원장실의 피아노를 나에게 달라든가, 그런 아무래도 좋을 이야기를 하면 된다. 그거면 충분하다.

나는 양손을 가슴 앞에서 가볍게 들었다.

"메스."

소리도 없이 은색 도구가 세이프티 존에 놓였다.

분만실로 들어간 뒤의 일은 잘 기억나지 않는다. 그저 꿈을 꾸는 것처럼 현실감이 없었다.

에리는 다리를 크게 벌리고 분만대에 올라가 있었다. 나는 그 옆에서 그저 지켜만 보았다. 에리가 이 세상 소리라고는 생각되지 않는 괴물 같은 비명소리를 질렀다. 의사와 간호사가 뭐라고 말을 걸었다. 호흡을 가다듬으라든가 지금 힘을 주라든가.

내 머릿속에 내용은 거의 들어오지 않았다. 애초에 알았다 하더라도 할 수 있는 것은 아무것도 없었다. 무력했다. 그래서 이제는 이해하기도 포기했다.

에리가 죽으면 어쩌지. 그런 공포가 내 주변을 줄곧 따라다녔다. 이렇게 커다란 비명을 지르며 비지땀을 흘리다 목숨을 잃으면 어떻게 하지. 역시 자식은 필요 없었다. 지금이라도 좋으니 모든 것을 중지하고 에리를 무사히 집으로 데려가게 해 주면 좋겠다.

하지만 그런 소리는 할 수 없었다. 아니, 하지 않았다.

눈을 감고 싶었지만 필사적으로 떴다. 도망치고 싶어 하는 몸을 억눌렀다.

에리의 말을 떠올렸다. 무섭다고, 잃을까 봐 무섭다고 소리치는 나에게 에리는 가만히 말했다.

——아니야. 되찾고 있는 거야.

에리와 손을 잡았다.

한층 큰 목소리가 분만실에 울려 퍼졌다. 진동으로 내 머리카락이 떨릴 정도였다.

"힘주세요! 한 번 더. 숨을 들이쉬고."

의사의 목소리가 들렸다.

"멈춰요! 힘주세요!"

신음 소리가 들렸다. 땅이 으르렁거리는 듯한 소리였다.

에리의 목은 어디로 이어져 있을까. 에리의 몸은 어디와 이어져 있고 어디에서 누구를 데려오는 걸까.

──역시 내 생각이 맞았어.

"지금이에요! 한 번 더!"

절규가 울려 퍼졌다.

의사의 수술복에 피가 철퍽 튀었다. 하지만 의사는 눈도 깜짝하지 않았다.

"나왔어요, 머리가 나왔어요."

"조금만 더, 그렇죠. 옳지, 그렇게, 좋아요, 나왔다!"

에리가 크게 숨을 내쉬었다. 머리카락은 헝클어지고 얼굴은 붉게 물들어 있었지만 그래도 눈을 크게 뜨고 자기 몸에서 나온 것을 보려고 눈동자가 움직였다.

"건강한 아들이에요. 이제 곧 울 거예요. 보세요."

의사가 생긋 웃었다.

목소리가 울렸다. 어설프고 소리도 분명하지 않지만, 그래도 온몸을 떨면서 쥐어짜낸 울음소리였다. 그 소리를 듣자 몸에서 소름이 돋았다.

"당신이 먼저 안아 봐."

에리가 말했다.

"아냐, 당신이 먼저 안아."

"어서."

거의 강요당하듯이 나는 끄덕였다. 빨간 덩어리를 무언가로 감싼 것을 간호사가 조심스럽게 안고 내가 있는 곳으로 다가왔다.

"여기랑 여기에 손을 대시고요. 그렇죠, 그렇게 받치세요."

나는 떨리는 손으로 녀석을 받아들었다.

녀석은 울고 있었다. 내게 안겨 열심히 울고 있었다. 아직 만족스럽게 움직이지 않는 작은 손을 필사적으로 바르작거리고 어딘가에 있는 보호자를 찾아 이도 없는 입을 오물거렸다.

눈부시다. 분만실의 흰 불빛이 쏟아지는 가운데 나는 무심코 눈을 깜박였다. 조명이 눈부셔서가 아니다. 대체 어찌된 일일까. 마치 세상이 색채를 띤 듯했다. 지금 내가 보고 있는 풍경과 비교하면 이전의 세상은 그냥 회색이었던 게 아닐까. 에리가 웃고 있었다.

——당신이 한번 잃었던 가족이 다시 살아나는 거야.

나는 천장을 올려다보고 가만히 눈을 감았다. 품 안의 희미한 온기를 담뿍 느끼며 잿빛 세상과의 결별을 조용히 받아들였다.

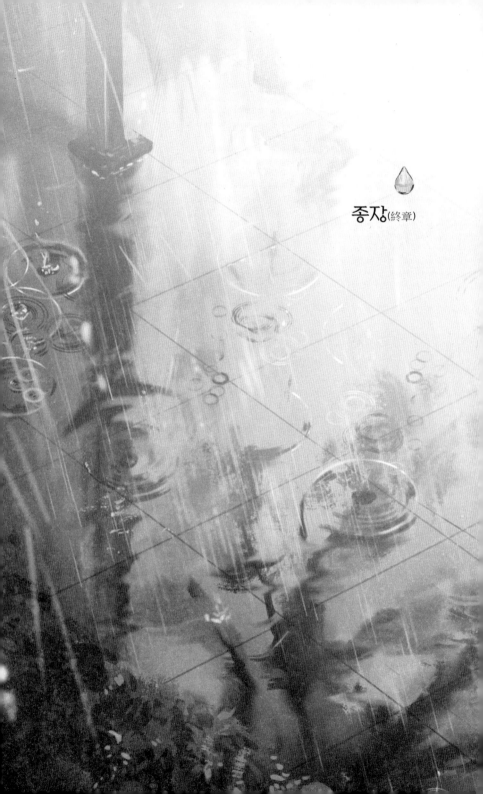

종장(終章)

따뜻한 비가 내렸다.

상공에서는 이미 봄바람이 불기 시작했는지도 모르겠다고 키리코는 생각했다. 시치주지 병원 입구의 로터리는 항상 차와 환자로 혼잡했지만 오늘은 이른 아침이다 보니 사람이 없었다. 키리코는 버스를 기다리는 사람들을 위한 벤치에 앉아 땅을 촉촉이 적시는 빗방울을 바라보았다.

호주머니 안을 뒤적이는데 직원용 문이 열리는 기척이 났다.

후쿠하라였다. 검은 우산을 펼쳐 들고 이쪽으로 다가왔다. 그리고 벤치 앞에서 멈췄다.

"벌써 가게?"

마치 하나의 빗방울처럼 후쿠하라가 말했다. 키리코가 고개를 끄덕여 대답했다.

시치주지 병원은 아무것도 변하지 않았다. 회색 벽도 유리창도 평소와 똑같았다.

"기다리는 환자가 있으니까. 게다가 나머지는 너 혼자서도 충분하잖아. 아니야?"

후쿠하라는 대답하지 않았다. 그저 키리코를 바라보며 작게 미소 지을 뿐이었다. 이윽고 결심했는지 그가 말했다.

"정원에서 잠깐만 얘기 좀 할까?"

"좋아."

키리코는 일어서서 걷기 시작했다. 머리에 비가 후드득후드득 쏟아졌다.

"이리 들어와."

후쿠하라가 검은 우산을 내밀었다. 튼튼한 뼈대와 두툼한 가죽으로 만들어진 커다란 우산은 두 사람의 머리를 뒤덮고도 남았다.

두 사람은 천천히 한 걸음씩 비에 젖은 타일을 밟으며 걸었다. 조촐한 녹색 터널을 지나 진흙이 튄 벽을 따라가 안뜰로 나왔다.

"……앉긴 힘들겠네."

후쿠하라가 포기한 듯이 중얼거렸다. 차양 아래의 벤치는 진흙과 물방울에 젖어 있었다. 아침의 폭풍우 때문일 것이다. 두 사람은 그저 우산 아래서 무료하게 커다란 나무를 바라보며 멀뚱히 서 있었다.

아무리 기다려도 상대가 말이 없자 키리코가 먼저 말을 꺼냈다.

"수술은 아쉬웠어."

후쿠하라가 자조하듯 웃었다.

"그건 아니지. 수술은 완벽했어. 하지만 뭐……, 운이 없었지."

후쿠하라의 말대로 킨이치로의 경막동정맥루는 사라졌다. 눈을 뜬 킨이치로는 전보다 확실한 회복을 보였다. 기억 혼동이 줄어들고 눈앞의 사태를 인식하기 시작했다. 몸은 쇠약해졌어도 자신의 의지로 식사를 하려는 의욕도 생겼다. 그는 현실 세계로 돌아왔다.

하지만 오래가지는 않았다.

수술 후 불과 사흘 만에 그는 다시 쓰러졌다.

"실제로 흔한 일이지. 하지만 뭐, 내 가족에게 일어나니 뭐라고 말하기 힘든 기분이야."

원인은 새롭게 발병한 뇌경색이었다. 치료 과정에서 한동안 와파린 투여를 멈춘 것이 실책이었다.

"투여하면 출혈이 멈추지 않을 우려가 있어. 투여하지 않으면 혈전이 생길 위험이 있고. 어느 쪽을 취할지는 도박이야. 최선을 다했고 후회는 없어."

그 말에는 거짓이 없었다. 후쿠하라는 제법 후련한 표정으로 주머니에서 캔 커피를 꺼냈다.

"……아. 그렇지."

캔 꼭지에 손가락을 걸었을 때 후쿠하라는 비로소 음료수를 하나밖에 사지 않은 것을 깨달았다.

"미안. 네 몫까지 사는 걸 깜빡했어. 살 생각이었는데."

"피로가 남아서 그럴 거야."

"그런 느낌은 아니지만."

"어쩌면 마음이 풀어진 게 아닐까? 오랜만에 아버지와 단 둘이 지내서."

"기분 나쁘니까 그러지 마."

후쿠하라가 코웃음을 쳤다.

새로 발병한 뇌경색으로 킨이치로의 병세는 단숨에 악화됐다. 말을 거의 하지 않게 됐고 매사를 이해하지 못하고 그저 멍하니 지냈다. 이제는 손 쓸 수단도 남아있지 않았다. 투약으로 증상을 완화시키며 남은 시간을 보낼 뿐이다.

"하지만 전에 없이 느긋하게 지내고 있지."

킨이치로의 주치의는 사실상 후쿠하라가 담당하게 되었다. 시치주지 병원의 원장 업무를 소화하며 시간이 비면 특별실에 들러 아버지 곁을 지켰다. 키리코는 그가 잠시 의사라는 입장을 잊고 보통 사람으로 돌아간 듯이 보였다.

"아버지한테 풋콩을 주면 그걸 까."

후쿠하라가 재미있다는 듯이 웃었다. 그의 손이 떨릴 때마다 두 사람 위의 우산도 흔들렸다.

"자기는 먹지도 않으면서 말이야. 손가락을 부들부들 떨면서 느릿느릿 콩을 집어내. 그런 걸 좋아하는 사람인 거지. 담담하게 일을 수행하는 거야. 그래, 아버지는 원래 그런 사람이었어. 뇌 기능이 망가져도 근본적인 부분에 그게 남아 있어."

"그렇겠지."

"나는 그 모습을 보기만 해도 뭐랄까, 아아, 역시 아버지는 그런 사람이구나, 그랬구나 하고……."

말꼬리가 빗속으로 사라졌다. 한동안 침묵이 이어졌다. 문득 후쿠하라가 작은 목소리로 중얼거렸다.

"키리코."

"응?"

"이건 같은 의사로서가 아니라 환자로서, 환자의 가족으로서 말하고 싶은데."

"뭔데?"

"……고마워. 너한테 주치의를 맡기길 잘했어."

바로 옆에 서 있어도 키가 큰 후쿠하라의 얼굴은 머리 하나만큼 위에 있어 키리코는 표정이 보이지 않았다. 하지만 목소리만으로도 충분히 그의 마음이 전해졌다.

키리코는 조용히 눈을 감았다가 떴다.

"의사로서 할 일을 했을 뿐이야."

너다운 말이야, 하고 후쿠하라가 중얼거렸다. 그리고 숨을 크게 내쉬었다.

"이걸로 어머니께도 가슴을 펴고 보고하러 갈 수 있어. 정정당당하게 할 일을 다하고 원장이 됐다고. 네 덕분이야."

"후쿠하라의 어머니는 어떤 분이셨어?"

"어머니? 애정이 무척 깊고 강한 사람이었어. 그렇지, 어머니는 비를 좋아했어."

"넌 싫어하는 것 같네."

"난 비는 질색이야. 축축해서 싫어. 하지만 어머니는 언제나 비 오는 날을 즐기는 비법을 가르쳐 줬지. 보려고 마음만 먹으면 어디에나 근사한 게 숨어 있다고."

"그렇구나……. 역시 시치주지 병원에서 줄곧 치료를 받으셨어?"

"그래. 아, 아니지. 후반에는 이 의사 저 의사를 찾아다니며 병원을 바꿨어. 하마우미(浜海) 병원이라는 곳이었어."

키리코는 깜짝 놀라 눈이 커지며 숨을 삼켰다. 잠시 후쿠하라의 얼굴을 뚫어지게 바라보고 무언가 생각에 잠겼다.

"혹시…… 바다 근처의 병원이야?"

"뭐야, 아는 병원이야?"

후쿠하라는 캔에서 입을 떼고 친구의 얼굴을 보았다. 키리코는 고개를 살짝 숙이고 납득했다는 듯이 끄덕이더니 미소를 지으며 말했다.

"아니. 이름이 그래서 혹시나 싶었을 뿐이야……. 어머니께 내 안부도 좀 전해 줄래?"

약간 숨은 뜻이 있는 말투였지만 후쿠하라는 복잡하게 받아들이지는 않았다.

"그래, 알았어."

키리코는 고개를 들었다. 검은 우산 너머에서 언제부터인가 시끄러운 소리가 사라져 있었다. 멀리서 새가 지저귀었다. 발밑을 상쾌한 바람이 훑고 지나갔다.

"아."

후쿠하라도 알아챘나 보다. 그가 우산을 기울이자 태양이 두 사람을 단숨에 비췄다.

"겨우 그쳤네."

비는 내린다. 어딘가에서 내리고 어딘가에서 그치기를 되풀이하는, 사람의 생명과 마찬가지다. 키리코는 눈을 가늘게 뜨고 내리쬐는 빛을 보았다. 작은 물 입자가 여전히 대기 속에서 춤추며 저마다 자유로운 파장의 광선을 흩뿌리고 있었다.

키리코는 다시금 생각했다. 생명과 생명이 만나면 작별은 필연적으로 찾아오지만 거기에는 반드시 희망도 태어난다. 그것은 그의 안에서 틀림없는 사실이었다. 바라건대 모든 생명이 희망을 손에 지니고 걸어갈 수 있기를. 키리코는 단순한 자연 현상에 지나지 않는 반짝임을, 그렇기 때문에 더욱 사랑스럽게 느끼며 계속 바라보았다.


후쿠하라 킨이치로가 아들과 예전 동료들이 지켜보는 가운데 숨을 거둔 것은 그로부터 5개월 뒤의 화창한 오후였다. 평온한 임종이었다고 한다.

마침.

# 나를 위한 선택의 시간

일본에서 2016년에 발매된 『마지막 의사는 벚꽃을 바라보며 그
대를 그리워한다』는 서점 직원이 뽑은 감동 소설 1위를 차지하며
큰 인기를 누렸다. '사신'이라고 불리며 환자에게 죽음을 받아들
이고 남은 시간을 소중하고 의미 있게 살아가는 길도 있다고 알
려주는 의사와, 끝까지 삶을 포기하지 않고 병마와 싸우며 이겨
내야 한다고 환자를 독려하는 의사. 대립되는 입장에서 언제나
환자를 최우선으로 생각하며 환자의 입장에서 싸워 온 두 의사의
이야기는 우리에게 '죽음'이라는 화두를 진지하게 고민하게 만드
는 계기를 주었다.

반갑게도 그 이야기의 속편이 나왔다. 상하권으로 구성된 조금
긴 이야기지만 시리즈 누계 30만 부를 돌파하며 여전히 큰 인기
를 누리고 있다. 『마지막 의사는 벚꽃을 바라보며 그대를 그리워
한다』에서는 시한부 선고를 받은 환자들의 처절한 사투를 지켜보

며 자신의 신념에 따라 환자를 돌보는 키리코와 후쿠하라라는 두 의사에 대한 이야기였다면, 속편인 『마지막 의사는 비 갠 하늘을 보며 그대에게 기도한다』에서는 키리코와 후쿠하라가 어떻게 그런 신념을 갖게 되었는지를 풀어낸다.

우리 사회에서도 죽음에 대한 시각에 변화가 생기고 있다. 한때는 죽음에 대한 언급조차 꺼리던 시대도 있었지만 요즘에는 죽을 권리에 관심을 보이는 사람이 늘어나고 있다. 어떻게 사는지도 중요하지만 어떻게 죽음을 맞이할 것인지에 대해서도 관심이 높아진 것이다.

우리나라에서는 2018년 2월부터 연명의료결정법(일명 존엄사법)이 시행되었다. 임종이 임박한 환자는 본인 또는 가족의 동의하에 인공호흡기 같은 연명의료를 중단할 수 있게 되었다. 보건복지부에 따르면 법이 시행된 이후 1년 동안 11만 명 이상의 국민이 사전연명의료의향서를 작성했고, 약 3만 6천 명이 연명의료 결정을 이행했다고 발표했다.

스위스, 네덜란드 등 7개국에서는 조력자살을 포함한 적극적인 안락사를 허용하고 있다. 최근에는 한국인 두 명이 스위스에서 안락사로 생을 마감한 사실이 공개되기도 했다. 일각에서는 생명

경시 풍조를 조장한다는 우려의 목소리도 있지만, 이러한 흐름은 우리가 삶에 대해, 죽음에 대해 진지하게 고민하고 있다는 반증이 아닐까.

무엇이 옳고 그른지를 판단하기는 쉽지 않다. 그렇기 때문에 우리가 끊임없이 고민해야 하는 화두가 아닐까 싶다. 『마지막 의사』시리즈의 무게와 감동이 더욱 묵직하게 다가오는 것도 그래서가 아닐까. 『마지막 의사는 벚꽃을 바라보며 그대를 그리워한다』는 영화화 기획도 진행 중이라고 하니 반가운 마음으로 기대해 본다.

이희정

# 마지막 의사는 비 갠 하늘을 보며 그대에게 기도한다 하

2019년 04월 05일 1판 1쇄 발행
2021년 06월 16일 1판 2쇄 발행

저　　　자 니노미야 아츠토
옮 긴 이 이희정
발 행 인 유재옥
본 부 장 조병권
담당편집자 김다솜
편집 1팀 이준환 박소연
편집 2팀 정영길 조찬희 박치우
편집 3팀 오준영 곽혜민
편집 4팀 성명신
미　　　술 김보라 서정원
라이츠담당 한주원
디 지 털 박상섭 이성호 최서윤
표지디자인 이즈플러스
발 행 처 ㈜소미미디어
등　　　록 제2015-000008호
제 작 처 코리아피앤피
주　　　소 서울시 마포구 토정로222, 403호(신수동, 한국출판콘텐츠센터)
판　　　매 ㈜소미미디어
마 케 팅 한민지 이주희 최정연
물　　　류 허석용 백철기
전　　　화 편집부 (070)4164-3962, 3963 기획실 (02)567-3388
　　　　　판매 및 마케팅 (070)4165-6688, Fax (02)322-7665

ISBN 979-11-6389-482-7 (04830)
　　　979-11-6389-480-3 (세트)